晩夏光

池田久輝

ハルキ文庫

JN207925

角川春樹事務所

〈目次〉

旺角
（モンコック）駅
碧街
（ピットストリート）
廟街（ミウガイ）
通称 男人街
（ナムヤンガイ）
佐敦
（ジョーダン）駅
九龍半島
九龍公園
尖沙咀
（チムサァチョイ）駅
プロムナード
天星小輪
（スターフェリー）の埠頭
維多利亞灣
（ヴィクトリアハーバー）
中環（セントラル）駅
香港島

旺角
（モンコック）駅
亞皆老街（アーガイルストリート）
通菜街（トンチョイガイ）通称 女人街（レディースマーケット／ノイヤンガイ）
花園街（ファユエンストリート）
廣東道（カントンロード）
砵蘭街（ポートランドストリート）
彌敦道（ネイザンロード）
山東街（シャントンストリート）
上海街（シャンハイストリート）
豉油街（ソイストリート）
登打士街（ダンダスストリート）

[舞台地図]

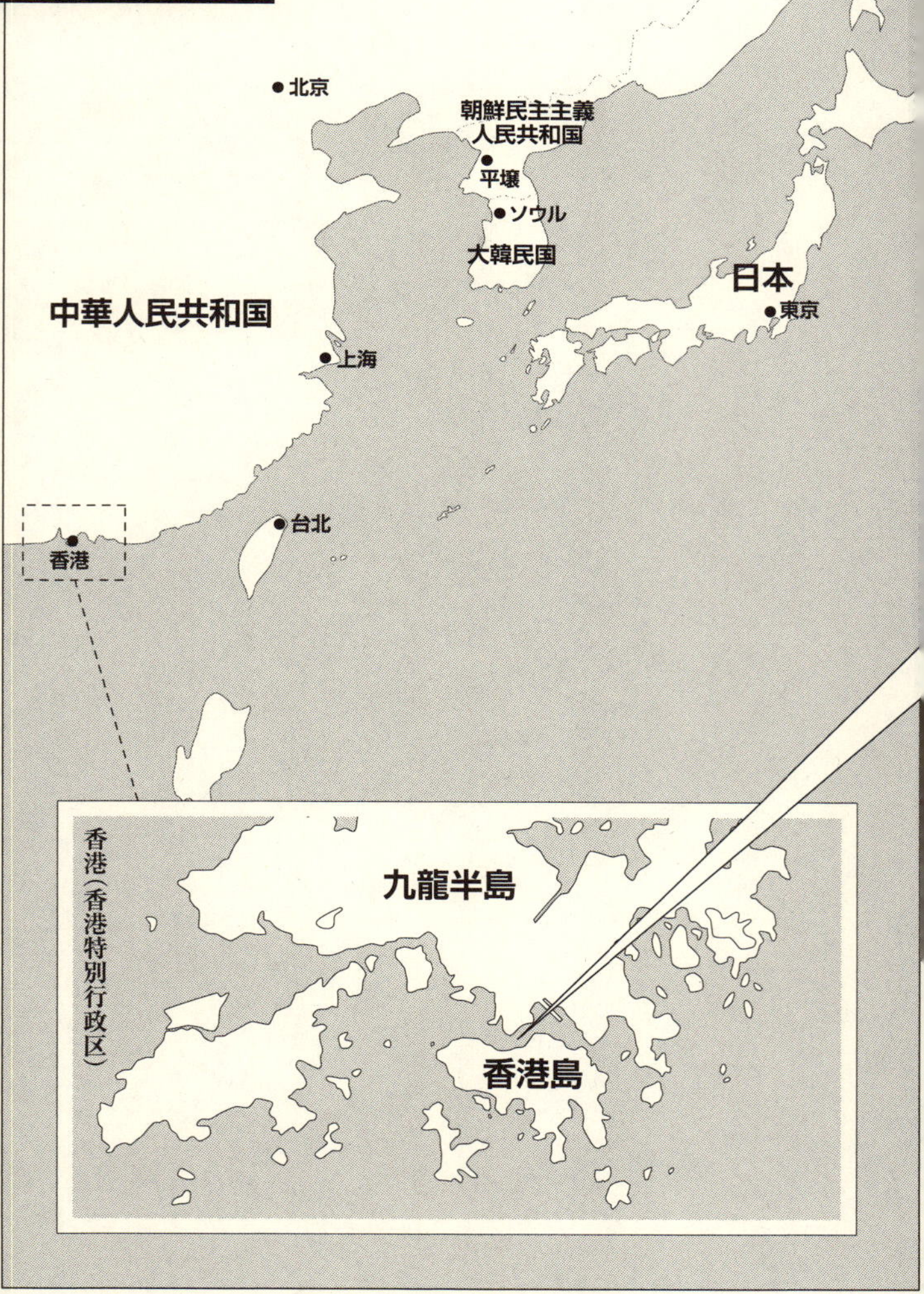

北京
朝鮮民主主義人民共和国
平壌
ソウル
大韓民国
日本
東京
中華人民共和国
上海
台北
香港
香港（香港特別行政区）
九龍半島
香港島

晩夏光《ばんかこう》

二〇一一年　夏　八月一日〜一二日

1

生まれて初めて銃声を聞いた。いやに乾いた、あっけない破裂音だった。そのくせ、残響はいつまでも耳を震わせる。本当に弾丸は発射されたのだろうか。疑問に思うほど軽い一瞬の爆発だった。

新田悟《にったさとる》は、弾が飛んだであろう方向をしばらく眺め続けていた。

「大丈夫。当ててないよ」

拳銃《けんじゆう》を握る陳小生《チヤンシウサン》が微笑《ほほえ》みながら言った。

威嚇《いかく》である、そう聞かされていた。だが彼の細めた目を見ると、その言葉はどこか信用できなかったし、そもそも新田は陳の拳銃の腕前を知らなかった。

「あんた、拳銃を撃ったのはいつ以来だ？」と、新田は訊《たず》ねる。

「さあどうかな。久しぶりであることは確かだね。でも、扱い方を忘れない程度の久しぶりってところだよ」

「少々子供っぽくないか。こんな真似《まね》は」

「子供っぽい？」

「ああ」

「そうかな。子供みたいに単純ではあるけれど、大人にはそれなりに効果があるよ」

陳は白い歯をにこっと覗《のぞ》かせる。

「目にするのは初めてだ。あんたが銃を握った姿」

「そうかい？」

「噂《うわさ》では聞いていたがな」

「ふうん。どんな噂かな？」

陳は拳銃を尻のベルトに挟んだあと、硝煙の匂《にお》いを落とすように何度か両手を払った。

その仕草はひどく板についていた。噂通り、他の場ではかなり威嚇射撃を行っているらしい。陳と出会って一年半。これまで新田が触れたことのない彼の一面だった。

「命中したら元も子もないからね。僕の大事なパートナーだから」

陳の言葉に不快感を覚えた。新田も、そのパートナーの一人だった。

「巨明《ゴイミン》の奴、やはり誤魔化《ごまか》していたんだな？」

新田は確認するように言った。

劉巨明《ラウゴイミン》――銃口の先を懸命に駆けていた男である。

新田よりも七つ上の四十二歳で、新田と同じく陳《チャン》のパートナー。いや、『足』か。陳の足となって働いているのだ。もちろん、陳は新田たちのことを決してそう呼ばない。あくまでもパートナーであるらしい。しかし事実上、足であることに間違いなかった。そして、新田らも自虐的ではないにしろ、そう認識して動いていた。

巨明は、その足として犯してはならないラインを越えた。陳に仲介料を支払わなかった、あるいは、その額を誤魔化していた節があり、更には、「禁じ手」をも打っている形跡が見受けられるのだった。

「俺が言うのも何だが許してやれ。常習じゃないんだろう?」

丸々とした巨明の体型を思い浮かべる。笑うと目がなくなるのは、どこの国の太った人間でも共通である。そして、必死に駆けている姿がユーモラスなのも。

「許しているじゃないか。だから僕は遥《はる》か上空を撃ったのさ」と、陳は言う。「巨明の奴、それなりに仕事をしているのに、どうして脂肪が落ちないんだろうね。あの揺れる背中を見ていると、思わず笑ってしまいそうだったな。危うく手元が狂うところだったよ」

「狂っても問題ない。大量に流れた汗が弾丸を滑らせるだろうからな」

「はは、冴《さ》えてるね、サトル。それ気に入ったよ」

冴えてる、か。新田は鼻で笑った。

「なあ、陳。もし俺が、あんたに銃を握らせる真似をしでかしたらどうする？」

「サトルが？」

「ああ、俺がだ」

陳は眉《まゆ》をしかめ、新田を凝視した。

「それはないと思うな」

新田はゆっくり頷《うなず》いた。自分でもそれはよく分かっていた。

――俺は決してそんな真似はしない。

「どうしてそんなことを訊《き》くんだい？　何か心当たりがあるのかな」

「まさか、ある訳がない」

「だろう？　つまらないことを口にするもんじゃないよ、サトル」

「そうだな。今のは忘れてくれ」

「うん、忘れるよ」

銃声がまだ耳に残っていた。そのせいか分からないが、頭がやけに鈍く重い。発砲を目撃したのは初めての経験であったけれど、新田にとって、それほどショッキングという訳でもなかった。だが、何かしらの恐怖を植えつけられたのは確かなようだった。

恐らく記録的に蒸し暑い夜であろうはずなのに、まるで熱を感じなかった。逆に、全身が寒気に晒《さら》されたようである。額には嫌な汗の玉が浮いていた。悪寒を抑えるようにハンカチで拭《ぬぐ》うと、陳《チャン》が目聡《めざと》く見つけ、「風邪《かぜ》でもひいたのかい？」と訊ねてきた。

「いや、巨明《ゴイミン》の流した汗が飛んできただけさ」

「はは、サトル。やっぱり冴えてるよ」

陳は子供のように笑い、「さて」と区切りをつけた。

「さて、そろそろ帰ろうか。このままこんな熱気に当たっていたら、本当に病気になりかねない」

「ああ、そうだな」

新田は弱々しく答えた。嫌な気分だった。巨明を呼び出したのは新田自身なのだ。暗がりから現れた陳を目にした時の巨明の恐怖。それは泣き笑いという形で表情に出ていた。巨明は陳を見るなり、すべてを悟ったようだった。何度も頭を下げ、「許してくれ」と懇願した。そこに垣間見《かいまみ》せた憎悪の眼差《まなざ》し。脂肪に押し潰《つぶ》された細い目で、瞬間、巨明は新田を睨《にら》みつけた。

「再見《チヨイキン》（また明日）、サトル」と、陳が軽やかに告げる。

「再見」

去って行く陳の背中を見送った。飄々《ひょうひょう》と跳ねるように歩く彼は、いつ見てもご機嫌に映る。事実新田は、陳の不機嫌な顔をほとんど目にしたことがなかった。綺麗《きれい》な二重の瞳は常に笑みを湛《たた》えている。魅力的とも嘘臭《うそくさ》いとも取れる笑みである。

やや童顔ではあるのだが、どう見ても四十歳の手前に思えないのは何故《なぜ》だろうか。肌は相応に乾いているし、染みも窺《うかが》える。目尻には皺《しわ》も刻まれている。陳と顔を合わす度、その違和感はどんどん深まっていく。

いつかはその秘密の正体を知りたいものであるが――新田は思う。しかし果たして、そんな日がやってくるのだろうか。

陳の姿が消えたあと、新田は人気《ひとけ》のない路地を旺角《モンコック》方面へ向かって歩き出した。体温を徐々に取り戻しつつあった。汗が背中に滲《にじ》んでくる。

時刻は午後十一時になろうかという頃だった。

旺角付近に出た新田は、煌《きら》びやかなネオン看板とは裏腹に茫然《ぼうぜん》としていた。まだ頭には痺《しび》れにも似た鈍痛がある。こんな感覚は初めてだった。

傍《そば》の便利店《コンビニ》で切れていたタバコを買い、通りに身を乗り出して強引に的士《タクシー》を拾った。

「維多利亞灣《ヴィクトリアハーバー》へ」

湿気に覆われた港。

こちらに来て以来、何度となく訪れている場所である。いや、それはもう日課と言ってもいい。一仕事を終えると、自然と体はそちらへ向かう。新田がこの地に足を踏み入れ、最初にやって来たのもここだった。九龍《ガウロン》半島の突端、維多利亞灣に沿って作られたプロムナード。そこからじっと海を眺めるのだ。

線。彌敦道《ネイザンロード》を南下する車中、ぼんやりと視界にネオンを流していた。維多利亜灣《ヴィクトリアハーバー》までは一直線。それほど距離はない。ものの十数分で到着する。

料金を支払い、ドアを開けたところで、携帯電話に着信が入った。

相手は分かっていた。新田が陳《チャン》に密告した人物——劉巨明《ラウゴイミン》だ。

「サトル、舐《な》めた真似してくれたな。え？」

通話ボタンを押すなり、巨明の甲高い声が鳴り響いた。

「そうか？　原因はあんたにあると思うが」

「言われなくても分かってる！」

「だったら、舐めたも何もないだろう」

「ふん、何をくそ真面目《まじめ》に」

「真面目で大いに結構だ」

タバコに火を点《つ》けると、たっぷりと湿気を含んだ風に煙が飲み込まれていった。新田はそれを目で追いながら、「巨明」と呼びかけた。

「巨明、俺が香港《ホンコン》に来て驚いたことを教えよう。香港の人間はみんな真面目だ。みんな一生懸命に働く。特に野心のある人間はな。俺はそれにびっくりした」

「何が言いたい？」

「真面目に陳の足として仕事をし、真面目に陳に仲介料を支払えってことだ」

「サトル、お前には欲ってもんがないようだな」

「あるさ」

「ふざけるな。陳にいくら払ってると思ってんだ？　半分だぜ、半分！　どれだけ働いても貯まりゃしねえよ」

「欲が多過ぎるんじゃないのか？」

「サトルがなさ過ぎるんだ。え、お前は何を望んでいる？　言ってみろよ」

そんなものは決まっている。日本を去って以来、新田の望みはただ一つしかなかった。

「車を運転できるようになること。これが俺の望みだ」

「はあ？　何言ってんだ？」

巨明が裏返った声を張り上げた。新田は何も答えなかった。

「――サトル」

沈黙を嫌ったのか、巨明が調子を落として言った。

「何だ？」

「お前のこと、おれはずっと信用していたんだぜ」

「今度は懐柔《かいじゅう》か？」

「ふん。お前、どこまでも陳を崇《あが》めたいらしいな」

「別に崇めてはいない」

「まあいい。サトル、今どこにいる？」

「維多利亞灣《ヴィクトリアハーバー》だが」

「話したいことがある。すぐに行く。そこで待っていてくれ」

そう言って、巨明《ゴイミン》は電話を切った。

一方的な物言いに腹が立ったが、仕方がないと諦《あきら》めた。巨明の行為を陳《チャン》に報告したのは新田自身なのだ。巨明からすれば、控え過ぎる態度だった。

新田はプロムナードをぶらぶらと歩いた。突端まで行っては、また彌敦道《ネイザンロード》側へと折り返す。巨明は「すぐに行く」と告げたが、三十分経《た》っても彼の姿は現れなかった。

2

翌八月二日の正午前、新田は昨日の売上を陳小生《チャンシウサン》に支払うため、旺角《モンコック》の西側にあるオフィスに向かっていた。陳のオフィスは、新田の自宅アパートから彌敦道を挟んで反対側に位置している。歩いても二十分ほどだった。

世界有数の密集地帯と言われるここも、まだ飽和状態にない。相変わらず、蒸し暑い風があちらこちらで滞留していた。その渦に挑むように新田は歩く。が、数分も持たなかった。いつものことだった。降参した新田の背中にはだらだらと汗が流れ始め、Tシャツがぴったりと肌に張り付いていた。

彌敦道の一本西側、砵蘭街《ポートランドストリート》を横断する。旺角の中心地の一つ、猥雑《わいざつ》で活気のある通り。夜の名残りがあちこちにゴミとなって散らばり、すえたような匂いに思わずむせ返りそうになる。この匂いだけはまだまだ慣れなかった。

タバコに火を点けた。この地での新田のタバコは消臭の役割も担っていた。いや、芳香か。タバコには口をつけず、鼻先に紫煙をくゆらせ続ける。

このまま山東街《シャントンストリート》を西へ進み、廣東道《カントンロード》との交差点が目指す陳のオフィスである。

住宅事情に恵まれない香港において、このオフィスはそれを象徴するかのような物件だった。壁は湿気で濡《ぬ》れているか、あるいは亀裂《きれつ》が無尽に走っている。窓ガラスにはひびが入り、隙間《すきま》風が奔放に出入りする。とにかく何もあるべき姿を保持しておらず、保っているのは、何となく空間を仕切っている、それくらいの印象だけだった。

陳が、何故こんな場所を気に入っているのか不思議ではあった。清潔で快適な空間は香港島の山側にある自宅の豪邸だけで十分だ、そう考えているのかもしれない。

いずれにせよ、新田にとっては些細《ささい》なことだ。このオフィスに長居する訳ではないのだ。ここを訪れるのは、前日に得た収入の半分を陳に渡す時のみである。ほんの五分程度のことだった。

そのほんの五分程度が始まってすぐ、新田は劉巨明《ラウゴイミン》の死を知らされた。

「即死だったらしい」と、陳《チャン》が告げた。

陳の話では、巨明《ゴイミン》は昨日の深夜頃に射殺されたらしかった。彌敦道《ネイザンロード》の南端から少し東に入った陽《ひ》の当たらない路地裏で、今朝発見されたと言う。至近距離から額の真ん中を撃ち抜かれ、貫通した弾は後頭部にも赤黒く無残な穴を作っていたそうだ。

「自殺の疑いはまったくないみたいだ」

陳はそうも付け加えた。銃創のあった額、加えて、付近から拳銃が発見されなかったことが主な根拠だった。

「誰から聞いた？」新田は訊ねた。「もう新聞に出ているのか？」

「まさか、時間的に無理だよ」

「ならば、あんたに弱みを握られている警官か。そこからの情報だな？」

「さあて」と、陳は惚《とぼ》ける。

「あのあと、俺とあんたが巨明を呼び出したあとのことだな」

呟《つぶや》きながら新田は考えていた。発見された場所から判断すると、新田との電話を終えたあと、巨明は撃たれたに違いなかった。

巨明は、そこで待っていろと電話口で言った。ならば、新田がいた維多利亞灣《ヴィクトリアハーバー》に向かっていたのは間違いないだろう。巨明を待ちつつ、プロムナードを往復している間の出来事だったはずだ。

「ねえ、サトル。思い当たることはないかい？」

部屋の隅に置かれたソファーから、不意に陳が立ち上がった。そしてそのまま、窓側に設置されたエアコンの下まで歩いて行った。

「巨明が撃たれた理由か？」

「まあね」

「知る訳がない。もし俺がその理由を知っているのならば、すなわち、あんたも既に知っているということだ。違うか？　あんたの情報力を俺は舐めちゃいない」

陳は何も答えなかった。冷気を直接顔に浴びせ、涼しげな表情で黙っていた。新田が口を開くのを待っているのだ。昨夜、巨明を呼び出したあとの行動について話せ、そう言っているのだった。

陳は恐らく知っている。巨明が新田と会いたがっていたこと。あるいは、会っていたならばそこで交わされたであろう内容を——新田はそう直感した。

「巨明から電話があった」

素直に告げた。陳に逆らったところで何も得はしない。それは、湿気の渦に挑戦するのと同じく意味のないことだった。

「巨明が俺に何を話すつもりだったのかは知らない。だが、ある程度の想像はつく」

「是非聞かせて欲しいな。密告したことに対する制裁かい？」

「俺もそう思っていた。しかし、どうも違うようだ。電話の語り口から判断するしかないが、巨明《ゴイミン》には一人で来るような気配があった」

「なるほど。僕への反抗グループにサトルを捲《ま》き込もう、そういう算段だったのかもしれないね。僕への恨み辛《つら》みを零《こぼ》していただろう？」

さすがは陳小生《チャンシウサン》というところか。新田は頷き、その通りだと答えた。そして、「あんたが金の亡者だと喚《わめ》いていたよ」と、若干大袈裟《おおげさ》に付け加えておいた。

「はは、サトルもそう思っているのかい？」

「いや、俺は正当な取り分だと解釈している。あんたが半分、足が半分。不満はない」

「それは有難いけれど、その表現は好きじゃないな。『足』ってのは」

陳が少し顔をしかめた。新田はそれを無視し、じっと彼を見つめ返した。そして、これまで繰り返し生じたであろう数々の不穏な芽を、陳は、どんな風にして摘んできたのだろうかと考えた。

「あんたは巨明の危うい動向を知っていた。昨晩のことだってそうだ。俺が告げなくとも、巨明が売上を誤魔化しているのは分かっていたはずだ。そうだろう？」

「そうだね、後者に関してはイエスだよ」

「ふん、馬鹿な役を演じたもんだな、俺は」

「サトル、自分をそう卑下するもんじゃない。いくら僕が事前に知っていたとしても、密告があれば何らかの制裁を加えなきゃならない。僕らはそうやって成立している」

そうやって自らの地位を守ってきたのだろう、そんな揶揄《やゆ》を新田は飲み込む。

タバコが吸いたかった。ジーンズの尻ポケットに手をやった。すると、陳が音もなく目の前まで歩み寄って来た。

「サトルは馬鹿じゃないよ」

ひどく真剣な口調だった。

新田はいささか戸惑った。陳の視線を受けながらタバコを咥《くわ》え、「で、前者もイエスなのか？」と、嚙《か》み潰すように訊ねた。

「前？　ああ、僕への反抗グループに関する動向のことだね。それに関してはイエスともノーとも言えない。そんなグループはいくつもある。もう少し調査をしてみないと分からないよ」

楽しんでいるような陳の口振りだった。童顔に覗く瞳の奥には、まだまだ新田の知らない彼の姿があるらしい。

「しかし、馬鹿なことを考えつくもんだね。そう思わないかい？」

陳は再びエアコンの真下に戻り、背を向けた。

「思うよ。あんたには誰も勝てないさ」

「いや、勝負を挑んでくる人間は好きだよ。こそこそ動き回る輩《やから》が嫌いなだけさ。堂々と啖呵《たんか》を切ってくる相手には、僕だって多少は手加減もする」

「でも、負けてはやらないんだろう?」

「そうだね。僕が負けたらサトルも困るじゃないか」

「ああ、困るな」と、新田は素直に答えた。

「うん、みんな困る」

「……仲間割れってところか」

「どうだろう。巨明《ゴイミン》はそれほどの人物じゃない。死者のことを悪く言いたくないけれど」

同感だった。仮にそうだとしても、放っておけば済む話だ。巨明は新田同様、単なる足に過ぎないのだ。何も殺害する必要はない。それだけに、射殺という事実が不可解なのだった。

「撃たれるに足る情報を握っていたのかな。だとしたら、巨明もやるもんだ。少し見直したよ」陳《チャン》はそこでくるりと振り返った。「不謹慎かい?」

「いや、俺もそう思っていたところだ。しかし、まだ想像に過ぎない。巨明が本当にあんたへの反抗グループに属していたのか不明だし、巨明が重要な情報を握っていたのかどうかも、それが原因で射殺されたかどうかも、まだ明確じゃない。もっと他の理由で撃たれたのかもしれない。陳、本当に巨明が殺された理由を知らないいんだな?」

「今は知らないよ」

いずれは判明する、陳の軽い口調には、そんな自信が垣間見えていた。

しばらくの間、冷気の中に沈黙が流れた。新田は新田で巨明が撃たれた原因を考え、陳は陳でこれからの後始末を考えているはずだった。葬儀屋の手配から段取り。加えて、いずれ訪れるであろう警察への対応。陳はしばらくの間、仕事に出られないかもしれない。忠実な部下でなかったとはいえ、巨明は仲間の一人だった。その辺りの事後処理に関して、陳は確実にこなすはずであった。

「巨明の家に行ってくれないか?」

陳が新田に向けてぽんと封筒を放った。封筒はそこそこの厚みと重さがあった。中を見ずとも、札の束であることは容易に判断できた。

「嫌な役を押しつけるんだな」

「もちろん僕が行くつもりだったよ。けれど、巨明は僕に反発していたからね。巨明も喜ばないかと思って」

体《てい》のいい言い訳だったが、確かにその言葉に嘘はなかった。陳は、そういった儀礼や礼節に関して驚くほど繊細だった。

今から一年半前の冬——新田ら『足』の仲間の娘が自殺するという悲報があった。張富《ヂヨンフー》君《ワン》という五十を越えた古株の一人娘で、まだ十五歳だった。

自殺の原因は知らない。今なお、それは知らされていない。恐らく、陳《チャン》が伏せ続けているのだろう。陳はそれができる男だった。

陳は遺族と体面を考慮し、病死として厳粛な葬儀を営んでやった。

遺族とはまるで面識がなかったが、新田はその葬儀に出席した。陳からの命令だった。

その当時の記憶は曖昧《あいまい》である。しかし、この少女の葬儀だけは明確に覚えている。いたく感銘を受けた。荘厳《そうごん》と評してよいような空気を感じた。新田がこの地にやって来て、初めて目にした異国の絆《きずな》でもあった。

「足りないようであれば言ってくれよ」

「ああ、そう伝える」

「巨明《ゴイミン》に子供がいなかったことは不幸中の幸いだったね」

陳は珍しく、自身に問いかけるようにぽつりと呟いた。

ほんの五分程度のはずが、既に三十分が過ぎていた。初めてのことだった。新田は昨日の売上をソファーに放り投げ、「再見《チョイキン》」と声をかけた。大金を預かってオフィスを出て行くのも初めてのことだった。

3

新田は劉《ラウ》家に向かう前に彌敦道《ネイザンロード》へ戻り、自宅アパート近くの女人街《レディースマーケット》へ入った。露店が軒を連ねるマーケット。鞄《かばん》や時計、あるいは土産物《みやげもの》としての雑貨で溢《あふ》れ、大量の衣料品が所狭しと吊られている。どの店も似たようなもので、違っているのは扱う商品の比率くらいだろうか。それでも、多くの人が集まる観光名所である。そして同時に、新田らの職場でもあり、スリ連中が盗んだ品を売り捌《さば》く場所の一つでもあった。

女人街が賑《にぎ》わいを見せるのは夕方からだ。まだ陽の高い時間帯では、開いている露店は皆無に等しい。だが、いくつかの熱心な店は開店準備を始めており、新田は、その中でも特に熱心な馴染《なじ》みの店を訪ねた。盗品が入っていないか確認するつもりだった。新田にはまだ五件の未回収商品が残っていた。

「こんにちは。サトルさん」

店主の黄詠東《ウオンウエンドン》が手を挙げた。いつものように真っ赤な半袖《はんそで》シャツを着ていた。品性を考慮する前に目立つことを優先させる若々しさが、シャツと金髪の坊主頭に窺える。

黄はまだ二十歳を越えたばかりだが、着実に夢を形にしつつあった。二店舗目のオープンへ向けて、もう準備に入っているという話だ。

「どうだ、何か入ったか？」

「ええ、ちょっと待ってくださいよ」

黄は、露店商にしては白い頬《ほお》を快活に崩した。そして店の奥へ行き、商品の山からひょいと鞄を抜き出した。プラダの小振りなショルダーバッグだった。

「どうですか?」

依頼品に近かった。ジッパーを開けて中を見た。もちろん、財布や貴重品の類《たぐい》は抜き取られている。何もない。依頼人から教えられた商品の具合を確認する。中底にファンデーションの染みた痕《あと》が残っている、そう聞かされていた。

どうやら依頼品に間違いないようだった。新田は黄《ウォン》に合図し、いつも通りに二〇〇〇HKドルを支払った。

簡単に言ってしまえば、陳小生《チャンシウサン》の組織は何でも屋である。観光客がその対象だ。トラブルを抱えた彼らを相手に、その問題を解消してやることで金銭を得ている。時には観光ガイド役も務めるが、仕事の大半は失《う》せ物探しであった。財布をすられた、土産を盗まれた、そういった類のもの。この地の人間はスリに至るまで真面目なのだ。

ここでは、泥棒もひったくりも総称して『スリ』と呼んでいる。そんなスリ連中は懸命に観光客を物色し、得た物品を露店に売り飛ばす。そのため、実はこれらの失せ物は比較的簡単に発見することができる。旺角《モンコック》の女人街《レディースマーケット》、佐敦《ジョーダン》の男人街《ナムヤンガイ》の露店街に、数日後、あるいは数時間後に、それら盗品が並ぶのだ。丹念に店を当たっていけば、ほとんどの場合、取り戻すことが可能だった。

その露店から商品を買い取り、持ち主に返す。そこで新田らは、手数料を加えた代金を持ち主から頂戴《ちょうだい》する。そして、その半分が陳の懐に入ることになる。

数ある陳の仕事の一つは、その観光客を探すことにあった。あの童顔で、トラブルに見舞われたであろう観光客に近づいて行く。彼らにとって、陳は救いの神なのだ。

そして、その観光客の話す言語に応じて、陳は『足』を振り分ける。英語ならば英語担当の足。北京《ペキン》語（普通語）ならばその担当の者へ。新田は日本語担当の足だった。

タバコに火を点けた。これで残りは四件になった。ヴィトンが二件、グッチが一件、エルメスが一件だ。新田はプラダのバッグを脇に抱え、深く煙を吸い込んだ。

黄が、通りかかった日本人観光客と思《おぼ》しき二人組の若い女性を捕まえていた。

夏休み中の大学生だろうか。爛漫《らんまん》にはしゃぐ姿は可愛《かわい》らしいが、彼女らは決して旅を楽しんでいるのではない。帰国後、知人に自慢話を披露する場面を想像して楽しがっている。そんな上っ面《うわつら》な笑みが彼女らの顔に乗っていた。

「ヤスイヨ、ゼンブ、ホンモノダカラ」

黄は片言の日本語に加え、出鱈目《でたらめ》なアクセントで張り切っていた。購入まで漕ぎつけられる、そんな感触を嗅ぎ分けたのだろう。新田には分からなかったが、黄は確かに商売人としての目と鼻を持っていた。

案の定、彼女らは同じヴィトンのバッグをそれぞれ買った。定価の三割の価格であった。

もちろん偽物だ。

「アリガトウ！」

そんな黄《ウオン》の声に見送られる彼女らに、新田は日本語で声をかけた。

「君たち、偽物だと分かった上で購入したんだろうな？」

急に飛んできた正確な日本語に、彼女らは戸惑っている様子だった。しかし、意味はちゃんと理解していたらしい。

「……どういうことですか？」

向かって右の偽ヴィトンが答えた。

「いくら数年前のモデルでも、本物ならばそんな値段で購入できるはずがない。そんなことも知らないでヴィトンを愛用しているのか？」

「で、でも、この人が……」

今度は左の偽ヴィトンが黄を指差す。

「本物だと言ったんだろう？　当たり前だ。偽物だと知らせる商売人がどこにいる？　それとも、この金髪の坊主頭が立派な鑑定士にでも見えたのか？」

偽ヴィトンが揃《そろ》って首を横に振った。彼女らは互いに、どうしようという不安げな表情で見つめ合っていた。

「……あの、これ返します」

右の偽ヴィトンがおずおずと紙袋を差し出した。

「返品したければすればいい。だが、俺はこの店の人間ではない。交渉は自分たちですることだ」

黄は日本語で交わされた会話の内容を把握していた。ニヤニヤと笑いを噛み殺しながら、「サトルさん、ちょっと悪戯《いたずら》が過ぎやしませんか」と、広東語《カントン》で囁《ささや》いた。

「そうか？」新田も広東語で応じる。

「同じ日本人でしょ？　もう少し優しくしてあげれば――」

「そうしたら返品に応じるのか？」

「そうは言ってませんよ。こっちも商売ですからね」と、黄が金髪を掻《か》いた。「でも何か、嫌ってるみたいに見えますよ」

「嫌ってる？　何を？」

「彼女らを、ですよ。日本人の若い女性を」

「別に嫌ってはいない。同じ日本人として薬を与えただけさ」

「薬って気付きますかね？」

「無理だろうな。少し苦い可樂《コーラ》か何かだと思っているはずだ」

日本語が耳に届く。黄が二人組への対応に戻った。対応といっても、頑《かたく》なに首を傾《かし》げるだけである。まったく日本語が分からないよ、と白《しら》を切り通すだけであった。

偽ヴィトンらが諦める前に、新田はその場をあとにした。

少し前から、こめかみに鈍痛を感じていた。彼女ら二人に食ってかかったのも、そのせいかもしれなかった。まずい兆候だった。

記憶――「彼女」の記憶が頭を過《よ》ぎり始めていた。

新田は深呼吸を繰り返す。そして、何とかそれらを押し留《とど》めようと固く目を閉じ、視界を黒く染めた。この地にやって来て一年半。新田が身につけたのは広東語と、記憶を封じ込めるその術《すべ》だった。

黄《ウォン》の店から拝借してきた東方日報《オリエンタルデイリーニュース》を流し読んだ。香港で最大の発行部数を誇る日刊紙。黄の愛読紙でもある。

巨明《ゴイミン》の記事はやはり載っていなかった。陳《チャン》の言う通り、時間的に無理だったのだろう。あるいは陳のことだ、新聞社、更には警察に何らかの圧力をかけたのかもしれない。いや、さすがに事件となるとそれは難しいか。とにかく、黄が口にしなかったところをみると、情報はまだ女人街《レディースマーケット》まで降りていないようだった。

暑さのせいだろうか、いささか視界が揺れていた。と同時に、これから向かう先を考えると、ひどく気が重くもあった。自然と視線が垂れていく。

新田はそこで、ふと自分の格好に気付いた。ジーンズにTシャツ。どう考えても、これから巨明の死を告げに行く姿としては不適切だった。

新田は自宅アパートまで徒歩で戻り、シャワーを浴びて出直すことに決めた。

劉《ラウ》巨明のアパートは佐敦《ジョーダン》にある。地下鉄MTRでは、旺角《モンコック》駅より二駅南に当たる。
新田は通りかかった的士《タクシー》を止めた。

「佐敦まで」

乗り込んで告げると、痩《や》せた運転手は眉間《みけん》に皺を刻み、無言のまま車を発進させた。ルームミラー越しに、彼の口元が不快そうに歪《ゆが》んでいるのが見える。明らかにその唇は、

「地下鉄で行けよ」と語っていた。

MTR佐敦駅で西に折れた。佐敦道《ジョーダンロード》と呼ばれる大通り。有名なマーケット、廟街《ミウガイ》はもうすぐそこだ。これから賑わいを見せるであろう廟街は、男人街《ナムヤンガイ》という別名を持つ。女人街と並ぶ、新田らのもう一つの仕事場でもある。

その名の通りというか、男人街には、主に男性向けの衣料品店が連なっている。ただ、女人街とは異なり、骨董《こっとう》品や電気製品、玩具《がんぐ》を扱う店も見られるのが特徴だろうか。以前は労働者のマーケットであり、男性しか付近を歩かなかったことから、そう呼ばれるようになったという話だ。

「ここでいい」

佐敦道と上海街《シャンハイストリート》の交差点で的士を停《と》めた。新田は運転手と同じく少し唇を歪め、地下鉄の運賃分以上のチップを支払った。運転手はたちまち頬を緩め、笑みを零した。しかし、

そんな現金な反応を目にしても、新田はとても和《なご》やかな気分にはなれなかった。

巨明《ゴイミン》の自宅は、どこにでもあるような一般的なアパートである。２ＬＤＫタイプのもので、老朽化という点では、陳《チャン》のオフィスよりも少しはましという程度だった。ただ、生活感は遥かに勝っている。二人暮らしのせいか、あまり家具類がなかったと記憶しているが、それでも確かにそこには家庭があった。

エレベーターで五階まで上がった。

通路に出ると、見覚えのあるやや長い顔と出くわした。葬儀屋の男だった。陳が早速寄越したのだろう。葬儀屋は劉《ラウ》家を訪ねた帰りに違いなかった。男は明らかに新田を覚えているという態度で、ひどく丁寧に頭を下げた。さすがに陳が使う葬儀屋だけのことはあった。

「劉巨明の家に？」と、新田は訊ねた。

男はゆっくり頷いた。少々卑屈そうな微笑を唇に乗せているが、それがひどく自然に映っていた。きっと、彼にとっての一種の職業病なのだろう。

「奥さんの様子はどうだ？」

「そうですね、穏やかとはいきませんね。当たり前ですが」

相当ひどい、そんな言葉が出ないだけ、新田はほっと胸を撫《な》で下ろす。

「用心してください」

去り際、不意に葬儀屋が言った。

「え？」

「気を抜かないでください」

エレベーターに乗り込んだ彼は、ボタンを押しながら注意を重ねた。

「おい、ちょっと待て――」

新田の言葉を遮断するように、エレベーターの扉が閉まった。葬儀屋は新田の疑問を残したまま、ギイギイという機械音と共に降下して行った。

4

新田が何の変哲もない鉄の扉をノックしたのは、しばらくの逡巡《しゅんじゅん》を経てからだった。用心してください――葬儀屋の言葉がまだ耳に残っていた。

中からは何も反応がなかった。再度、大きめに叩《たた》いた。地に沈んでいくような鈍い残響が辺りを覆う。

今度は気配があった。中で何かが動き出す様子が感じられた。

扉がほんの少しだけ内側へ開き始める。エレベーターと同じような金属のこすれる音がした。

驚いた。目の前に現れた女性が、記憶にある容貌《ようぼう》とまるで異なっていたのだ。

確かに巨明《ゴイミン》の妻、麗文《ライマン》である。それは分かる。しかし、あまりにも若々しく見えた。凛《りん》とした張りも見受けられた。四十に届いているはずだ。そして、見舞われた不幸を考慮すれば、暗い影が色濃く落ちていてもよいはずだった。過去に見た彼女はもっと萎《しお》れていた。常に疲労した印象を与える女性だったのだ。

「ご無沙汰《ぶさた》しています。新田悟です」

何とかそれだけを告げた。麗文がゆっくりと目を合わせた。小柄で華奢《きやしや》な女性である。しかし、新田を見上げる視線は不思議なほどに力があった。

「お久しぶりです」

「何と言ってよいのか、この度は……」

さっと彼女が顔を背けた。肩まで垂れた黒髪がばさりと揺れる。妙に綺麗な光沢が艶《なま》めかしい。新田はしばらく、その髪と張りのある白い肌に目を奪われた。

「そこで葬儀屋とすれ違いました。式の段取りは彼に一任すれば問題ないはずです」

彼女は黙ったまま俯《うつむ》いていた。聞いているのか疑問であったが、とにかく告げるべきことは告げなければならない。新田は懐に手をやった。そこには陳小生《チヤンシウサン》から預かった封筒がある。渡そうかと取り出した時、彼女の意識に変化が見えた。彼女は小刻みに首を振り、背後に気を配っていた。

「麗文さん」

新田は大きな声で、彼女の視線を無理矢理に上げさせた。そして彼女にも確認させるようにして、部屋の奥に意識をやった。

彼女は頷いた。

「俺にできることがあれば何なりと仰《おつしや》ってください。連絡先はご存知ですね？」

そう言いながら新田は封筒を仕舞い、代わりに手帳を取り出し、素早く書き殴った。

――邊個《ビンゴ》（誰だ）？

彼女は首を左右に振り、「はい、主人の電話帳に確か」と答えた。

「そうですか。取り急ぎ、今日はそれだけを言いに来ました。また伺います」

「ええ。何のお構いもできず、すみません」

彼女は、ショート丈の黒のジャケットの中をまさぐっていた。何かを取り出す様子なのだが、いささか手間取っている。不自然に空いた間に、奥から重い気配が感じられた。

「余計なお世話かもしれませんが」と、新田は切り出した。「もし急に入用になれば、遠慮なく連絡をください。多少は援助できると思います」

「お気遣い有難うございます」

折り畳まれた紙をようやく手渡された。新田はすぐにジーンズの尻ポケットに片付け、じっと麗文を見つめた。ここに彼女を残してよいものだろうか――。

麗文《ライマン》はその視線の意味を理解していた。彼女が大きく一つ頷いた。大丈夫です、彼女の瞳はそう告げているようだった。

空白の時間は怪しまれる。即断すべきだった。新田は手にしていた手帳に「小心呀《シウサムア》（気をつけて）」と記し、扉を閉めた。

ゆっくり通路を引き返し、踊り場まで階段を上がって息を潜めた。その場でしばらく様子を窺う。感じた気配から、隠れていたのは恐らく男のような気がするが、その人物らしき足音が聞こえるか確認した。が、十分経っても通路には響かなかった。

音を立てないようにして、階段を使って一階まで降りた。新田はその間、自分の選択は間違っていなかったろうかと考えていた。彼女をここに残すのはやはり抵抗がある。危害を加えられる可能性もないとは言えない。しかし、彼女は大丈夫だと頷いた。ならばそれを信用するしかない――玄関ロビーを通過する時、新田はそう決めた。

そして、周囲に気を配りながら、小さな声で背後に問いかけた。

「どういうことだ？」

「分かりません」

答えたのは、アパートの住人の振りをした葬儀屋だった。

「何が起こっている？」

「それも分かりません」

「五分待ってから出て来てくれ。男人街《ナムヤンガイ》で」

葬儀屋に背中越しに告げ、新田は男人街へ向けてゆっくりと歩き出した。

新田は馴染みの露店から、やって来る葬儀屋に向けて合図を送った。今にも崩れそうな看板を掲げているが、美味《うま》い粥《かゆ》を出す新田のお気に入りの店だった。

「こっちだ」

葬儀屋はすぐに気付き、背後を警戒しながら駆け寄って来た。

「尾行はないか？」

「ええ、恐らく」と、彼は頷いた。「今から昼食ですか？」

「いや、朝食の代わりだ。今日はまだ何も食べていなかった。あんたもどうだ？　ここの出汁《だし》は美味い。魚介の風味が濃厚で味わい深い」

「それは残念です。私は先ほど食べたばかりで」

新田はレンゲを口に運び終え、傍らに置かれた茶を啜《すす》った。

「助かったよ。あんたのお陰で」

新田が手を差し出すと、彼はしっかりと握り返した。

「陳《チャン》さんのところの、確か、サトルさんでしたね？」

「そうだが申し訳ない。あんたの名前が思い出せない」

「気を悪くなさらず。葬儀屋という職業柄、存在感はない方がいいのです」と、彼は微《かす》かに笑った。「許志倫《ホイヂーロン》です」

許志倫は面長で、ロバに似たような容貌をしていた。真ん丸の瞳の間に、長く伸びた鼻がある。こうして間近で見ると、やけに肌が若い。明るい陽の下で見る彼はまだ二十代に見えた。葬儀の席は誰も彼もを老けさせる。多分、そんな場で顔を合わせたせいだろう、てっきり同年代だと思い込んでいた。

「そう言えば、あんたと会ったのは確か――」

新田は茶を飲み干し、露店の裏へと彼を誘導する。

「恐らく、一年半ほど前になるでしょうか」と、許が答えた。

「そうだ。病死した仲間の娘の葬儀以来だな」

「はい。張富君《ヂヨンフーワン》さんの一人娘」

「そう、張富君。そうだった」

「私もよく覚えていますよ」

新田は少し戸惑いながら頷いた。その式に出席し、いたく感銘を受けたことは明確に記憶している。しかし実は、それ以外あまり覚えていないのだった。張富君と面識はなかったし、娘とは当然、一度も顔を合わせたことがなかった。

無理もなかった。その当時、新田はまだこの地にやって来たばかりだったのだ。そこで陳《チャン》に拾われ、促され、式に顔を出すよう命ぜられるまま赴いただけなのだった。

のちに陳から、参列者のほとんどが仲間だと聞かされた。どうやら陳は、新田に仲間を紹介するというよりも、新しいパートナーが加入した、その旨を仲間に知らせる意図を持っていたようだ。その場では誰とも話さなかったし、話す機会も与えられなかった。式に参列した、その事実自体が大きな意味を持っているらしい。礼節を重んじるこの地において、葬儀の席ほど信用を得る好都合な場はないのかもしれない。

「もう一年以上が過ぎたのか」と、新田は呟く。

「ええ、早いものですね」

「あれはいい式だった」

「恐縮です」

許はアパートの通路で見せたように丁寧に頭を下げた。

「こう言ってよいのか分からないが感動したよ」

「せめてよい式にしようと。亡くなり方が、その……」

自殺のことを言っているのだ。張富君の娘は自宅アパートの屋上から身を投げた。許ももちろんそれは知っている。遺体自体を扱う葬儀屋なのだ。聞かされずとも、遺体を見れば見当がつくだろう。

「しかし、よく気付いたな」と、新田は話を変えた。

「それはまあ、私もそれなりに危ない橋を渡っていますから」

許《ホイ》は締りのない口元をもごもご動かした。空気の漏れるような擦過音《さつか》があり、少しばかり不明瞭《ふめいりよう》な発音だった。

「もっとも、麗文《ライマン》さんのサインのお陰ではありますが」

「そうか、彼女はあんたにも」

「ええ」

「潜んでいたのは誰だ？　顔を見たか？」

「いえ、残念ながら。どうも男性のような気はしましたが。そんな気配が」

許はすまなそうな表情を浮かべた。まるで遺族に接するような職業的神妙さだったが、不快感はなかった。訓練の賜物《たまもの》だろう、過度に心情を増幅させない程度の造られた顔だった。

「同感だ。とりあえず男として話をしよう」

「ええ。既にご存知かと思いますが、私は巨明《ゴイミン》さんの葬儀を執り仕切ることになりました。それで、奥さんの元へ打ち合わせに伺ったのですが」

「麗文さんと何を話した？」

「いえ、これといって。葬儀の段取り、準備諸々《もろもろ》ですよ。奥には謎《なぞ》の男もいましたから、玄関口で早々に切り上げました。また出直すことになりますね」

「彼女は男について、あるいは、あの状況に至るまでについて何か言っていたか？」

「まさか」と、許は目を見開いた。「何者かが潜んでいたのですよ。何かを知っていても話すはずがないでしょう」

「知っていそうな雰囲気を受け取ったのか？」

「どうでしょう。私の専門は死んだ人間ですからね。生きている人間相手では、私の印象など当てになりません」

「あんたがあの家に到着したのはいつだ？」

「サトルさんが来られるほんの少し前です。確か、陳《チャン》さんから連絡が入ったのは昼前のことでした。それから警察へ行き、巨明さんの遺体を確認して……」

新田がオフィスを訪ねる前に、陳は許に電話をかけたのだろう。

許は、巨明の家を訪ねた時点で既に男が潜んでいた、と続けた。

「あんた、麗文さんと面識は？」

「いえ、ありませんでした」

「ない？　彼女は張富君《ヂヨンフーワン》の娘の式に出席していなかったのか？」

「記憶にありませんね」

許は考える素振《そぶ》りを見せず即答した。

「あんたはあの場にいた俺のことを覚えていた。それなのに、麗文さんには覚えがないと言うのか？」

「ですから、彼女はあの場にいなかったのだと思います」

首を傾げざるを得なかった。巨明《ゴイミン》は確かにあの式に参列していた。あれだけの巨体だ。新田の記憶にも残っている。巨明が出席しているのに、妻の麗文《ライマン》がいなかったとはどういうことだろうか。二人は既に結婚していたはずだ。

「まあいい」と、新田は意識を切り替えた。「しかし、彼女はよく扉を開けたな。面識がないにもかかわらず。陳《チャン》から連絡が入っていたのか？」

「ええ、恐らく。陳さんのことですから」

「潜んでいた男にしてもそうだ。よくあんたを締め出さなかったな」

「どうでしょう、葬儀屋を帰すというのも不自然です。何かあると不審に思いますよ。私は扉を叩いて名乗りもしましたから。潜んでいた男にすれば、応じた方が無難だ、そう考えたのではありませんか。彼女にそう指示したのでは」

「それでも扉を開ける方がリスクは高いと思うがな。異変に気付かれる可能性は更に増えるだろう。現に俺も感じた。しかし、あんたの言うことも理解はできる。葬儀屋を追い払うのは確かに不自然ではある」

「恐縮です」と、許《ホイ》はまた軽く頭を下げた。

「あんた、今日のことを陳に報告するんだろう？　他に言い忘れていることはないか？」

「そうですね、特には。長時間いた訳ではありませんから」許はそこで目を細めた。「あの、サトルさん。潜んでいた男たちは、巨明さんの死に関係しているのでしょうか？」

「男たち？　複数いたのか？」

「ええ、私はそう感じましたが」

「そうか」新田は眉をひそめる。「当然、可能性は高いだろう。昨晩、巨明が何者かに撃たれた。その翌日の昼には自宅に見張りがついている。関係がない方がおかしい」

「分かりました。それも陳さんに報告しておきます」

そう言って、許は露店を離れようとした。新田は、「待て」と呼び止めた。

「許、一つ聞かせてくれ」

「何でしょう？」

「あんたも陳に頭が上がらない人間なのか？」

「え？　ええ、まあ。恥ずかしい話ですが」

「やはりそうか。だが、恥じることはない。陳の周囲にはそんな人間ばかりだ」

「あなたも？」

「例外はない。金か？　あんたの泣きどころは」

「いえ、お金じゃない方です」

「女性か」

金か女性——男の弱みなど、この二つくらいしかない。

許《ホイ》は不規則に並んだ歯をむいた。口元がだらしなく、発音が不明瞭なのは骨格の問題でなく、この歯並びのせいかもしれなかった。所々ぽっかりと歯が欠け、黒い穴が覗いている。そこから、シュウと空気が微かに漏れていた。

「それでは、そろそろ私は。葬儀の準備もありますので」

「何かあれば、陳《チャン》だけでなく俺にも連絡をくれ」

新田は自分の携帯電話番号を許に教えた。

「では、陳さんに報告したその次に」

許は自分の名刺を差し出し、そう言い残して露店をあとにした。

新田は尻ポケットに手をやり、麗文《ライマン》から渡された紙があることを確認した。

そして、許志倫《ザーロン》は——尾行の確認を忘れていた。

二〇一〇年　冬　陳小生《チヤンシウサン》

1

——一体、何があった？

陳小生《チヤンシウサン》は彌敦道《ネイザンロード》を北へ向かい、猛スピードでボルボを走らせていた。窓を全開にして深夜の冷気を呼び込んだが、陳の体温は一向に下がる気配がなかった。てのひらで瞼《まぶた》をこすり、その手をそのままハンドルに叩《たた》きつけた。その拍子にクラクションが鳴り響いた。苛々《いらいら》したところで、彌敦道の流れが順調になる訳ではない。それはよく分かっていた。それでも何度も車線を変更し、隙間《すきま》を縫うようにボルボを滑らせた。我ながら馬鹿な真似《まね》をしていることもよく分かっていた。そして何より陳が理解していたのは、これほどまでに動揺している自分がひどく珍しいということだった。

「陳さん、娘が……」

十数分前にかかってきた電話を思い出す。古株の張富君《ヂヨンフーワン》からだった。張は消え入りそうな声で、「娘が」と繰り返した。

張《ヂヨン》はすでに五十歳を越えており、陳《チヤン》のパートナーの中でもベテランの部類に入る。経験豊富な張は常に冷静で、滅多なことでは動揺を表に見せない男だった。

その彼からの突然の電話。真《ま》っ直《す》ぐで淀《よど》みないはずの声は不明瞭《ふめいりよう》で、その内容に関しては更に不明瞭であった。辛《かろ》うじて聞き取れるのは「娘」という単語のみで、張が伝えようとしている事実の大半を理解するまでに、陳はいささか忍耐と慰撫《いぶ》を必要とした。

「娘が……飛び降りて……」

「え？　よく聞こえないよ」

「娘が……屋上から飛び降りてしまった！」

その叫びは、はっきりと陳の耳に届いた。

「何だって⁉　玲玲《レンレン》が？」

すぐさま張の一人娘、玲玲の顔が目に浮かんだ。まだ十五歳だった。円《つぶ》らな瞳は愛くるしく、透き通っていた。それは幼い頃から変わりない。だが、やや尖《とが》った顎《あご》の線とふっくらした唇は大人びており、艶《つや》を持ち始めていた。

——陳さん、わたし、爸爸《パパ》と同じ仕事がしたいな。

会う度に玲玲は言った。いつの間にか、そんな背伸びが似合う年齢になっていた。

その傍らには、父親である張の温かい笑顔があった。「生意気盛りで手を焼いていまして」と、嬉《うれ》しそうによく愚痴を漏らしていた。微笑《ほほえ》ましい親子だった。陳は昔から、張の家族がとても好きだった。

それなのに――まさかこんなことになろうとは。

――一体、玲玲に何が起きた？

陳がいくらそう訊《たず》ねても、張は「分かりません」と繰り返すだけだった。

「自宅のアパートから飛び降りたんだね？」

「はい……」

玲玲に会ったのは一ヶ月ほど前が最後だ。張の妻、楚如《チョーユイ》の体調が思わしくなく、その見舞いを兼ねて彼の自宅アパートを訪ねた。

その時、玲玲は少し疲れた笑顔で陳を出迎えた。母親の看病に手を取られているというよりも、母親の死期を薄々悟っている、そんな乾いた笑みだった。

玲玲はそれを懸命に隠そうとしていた。化粧の力を借りて。けれど、不安を消すメイク方法はファッション雑誌に載っていないらしい。成功しているとはお世辞にも言えなかった。もっとも、十五歳という年齢では、どんな化粧をしようが内面まで塗り消すことは無理であったろう。

陳はそんな十五歳らしい彼女に好感を抱いていた。玲玲がもし本気でこの仕事に携わる気なら、手助けするつもりでいた。一から手解《てほど》きをすればきっと成功するに違いない、父親を越えるに違いない、そんな確信めいたものも感じていた。玲玲《レンレン》が「仕事をしてみたい」と口にする度、陳《チャン》は少なからず嬉しくも思っていたのだ。

「それで、玲玲の容態は？」

陳は携帯電話を強く握り締めた。答えは分かっていた。張《ヂヨン》がわざわざ知らせてきたのだ、怪我《けが》程度で済んでいるはずがなかった。

「……亡くなったんだね？」

口にしたくはなかったが、陳は確認するように訊ねた。

張から返事はない。荒い息がしばらく漏れ聞こえた。

「張富君《フーワン》！」と、陳は声を張った。「しっかりしろ！　難しいことは分かっている。でも、いつもの君を取り戻せ。冷静沈着な張富君を取り戻すんだ」

「………」

「張富君！」

「え？」

「僕の話を聞け！」

電話の向こうで、はっと息を飲む気配があった。そのあとに、張の「すみません」というくぶん力の戻った声が続いた。

「よし」と、陳は頷《うなず》く。「僕も今からそちらに向かう。電話は切るな。詳しく説明してくれ。いいね？」

「ええ……分かりました」

陳は財布とキーだけを持って自宅を飛び出した。

玲玲が亡くなった——その事実は分かったが、その前後関係、あるいは今、張が置かれている状況を把握する必要があった。それによってはこれからの対応が変わってくる。

陳は片手で器用にキーを使い、ボルボのエンジンを始動させた。

「張、君は今どこにいる？」

「アパートの外に。娘のすぐ傍《そば》にいます」

「表通りか？」

「いえ、裏の路地に」

「他に人はいるか？　衝突音を聞きつけて集まって来た野次馬はどれくらいいる？」

「五人ほどいます」

「君のアパートの住人だね？」

「はい。みんな見覚えがありますので」

「教えてくれ」

「はい、もちろん」

張は野次馬五人の名前と部屋番号を順に告げた。陳はそれらを脳に刻み込んだ。どれも下層階の部屋だった。上層階までは衝突音が届かなかったのかもしれない。あるいは、みんな窓を閉め切っていたせいか。非情ではあるが、予想を下回っていた見物人の数に、陳《チャン》は安堵《あんど》した。

「救急車は呼んだんだね？」と、陳は努めて穏やかに訊ねる。

「はい。大仙《タイシン》病院のいつもの先生に連絡しました」

「いい判断だ。彼にはあとで僕からも話しておくよ」

「お願いします……」

何やら張《ヂョン》の口調が歯切れ悪い。

「何だい？　遠慮せずに言ってくれ」

「はい。その……大仙病院には妻がいます。妻には……娘のことを……」

大仙病院には張の妻、楚如《チョーユイ》が入院している。搬送する際、もしくはその後、楚如に玲玲《レンレン》のことを知られないか、張はそれを懸念しているようだった。

楚如の入院手続きを取ったのは陳である。先月、張の自宅を訪ねたのは、その話をするのが第一の目的だった。張の仕事振りにもいささか影響が出始めていたし、また、娘の玲玲を考慮しても、その方がよいだろうと陳は判断した。

楚如は末期の大腸癌《がん》だった。陳はそれを彼女の担当医師から聞かされていた。医師との相談の結果、本人への告知はもう少し様子を見てからとなったが、楚如は本能的にそれを察していた節があった。通院の必要もなく、自宅療養を告げられた時点で、彼女は恐らく気付いていた。

その証拠に、大仙病院への入院を願い出たのは、楚如自身だったのだ。娘の玲玲は勘がいい、私にはもう先がないことを知っている、楚如はそう話した。娘にこんな自分の姿を見せるのは避けたい。何より、娘が懸命に平常心を装っている様が見るに堪《た》えない──楚如は涙の滲《にじ》んだ声で訴えた。

玲玲の芯《しん》の強さは母親譲りだな、陳は電話を受けながら、そう思ったことをよく覚えている。張の家を訪ねる二日前のことだった。

「張、楚如に隠しておくのかい？」

「え？」

「玲玲のことだよ」

「……分かりません。今はまだ何も考えられません」

「けれど、いずれは話さなきゃならない。それは分かってるんだね？」

「はい……そのつもりです」

「分かった。君の言う通りにしよう。しばらくの間、玲玲のことを伏せておくよう医師には言っておく。だから安心するんだ。いいね？」

「すみません、何から何まで……」

「僕に気を遣う必要はないよ。いつも言っているだろう」

ボルボは香港島から海底トンネルを抜け、九龍《ガウロン》半島側に渡っていた。何度か信号を無視したせいもあってか、そこまでは比較的短時間で来られたのだが、彌敦道《ネイザンロード》に入るとそうはいかなかった。車両の数が一気に増え、渋滞していた。

「多分、救急車の方が僕よりも早く到着するだろう。君は玲玲《レンレン》についていてやれ。一緒に乗って病院に向かうんだ。あとのことは僕が処理する」

そう言うと、電話口から微《かす》かなサイレン音が漏れ聞こえた。

「張《チヨン》」陳《チャン》はまた語気を厳しくした。「警察に連絡は？」

「いえ、まだしていません」

「冷たく聞こえたら謝るよ。警察への対応も僕に任せるんだ。玲玲が飛び降りた状況を詳しく知った上で、僕が判断する。こんなことは言いたくないけれど、自殺にしろ何にしろ、もしかすると、こちらで口裏を合わせておく必要に迫られるかもしれない。その可能性はゼロではないからね。娘さんが飛び降りた直後の君に、話すべき内容でないことはよく分かっているつもりだよ。それだけは誤解しないでくれるかい？」

「もちろんです……我々は、私一人のためのものではありません」

「うん、そう言ってくれると僕も救われるよ」

「陳さんには世話になってばかりです。あなたが冷酷な人間だなどと、私は決して思いません」

「有難う」

救急車のサイレンが張の声に勝ったと同時に電話を切った。

それから三十分ほど遅れて、陳は張のアパートに到着した。

ざっと裏通りの路地を観察し、救急隊員も含め既に人影が消えていることを確認した上で、アパートの中に入った。

まずは一階の一番東、一〇一号室。陳は扉を控えめに叩き、応答を待った。

ほどなく扉が開いて現れたのは、二十代後半であろう、病的に痩《や》せた青年だった。

「君が林秋雲《ラムチャウワン》かい？」

陳は微笑みながら訊ねた。林秋雲とは、張から聞かされた野次馬の名前の一つだった。

「ああ、そうだけど。あんたは？」

体格に応じたか細い声で青年は答えた。

「君はついさっき何を見た？」

「え？」

「この裏の路地で何を見た？」

「あんた、警察の人？」

「いや」

「ふうん」

そう呟《つぶや》く林秋雲《ラムチヤウワン》の目は、不審よりも興味の色が明らかに濃かった。

「君は何を見た？」と、陳《チヤン》は繰り返す。

「女の子のことだろ？　どうも飛び降りたみたいだ。ドンという音がして慌てて外に出てみたら、女の子が――」

「忘れてくれるかい？」

「は？」

「君が見たことを忘れてもらうにはどうすればいい？」

「あんた、一体何を言ってるんだ？」

「林秋雲、選んでくれ」

陳は一歩踏み出し、冷たい微笑を唇に乗せた。

「選ぶって何を？」

「何も見なかった、君にそう言わせるには紙幣か拳《こぶし》か、どちらがいい？」

それから陳は尻のベルトに差し込まれた銃に手を回し、告げた。

「もしくはご希望なら、拳銃《けんじゆう》という選択肢を付け加えても構わないよ」

2

五軒の部屋を訪ね終えると、午前二時になろうとしていた。

ただ、時刻も時刻であったため、一軒だけは扉が開かなかった。執拗《しつよう》に扉を叩き続けることもできたが、それでは余計に騒ぎが広がる恐れもあり、陳小生《チヤンシウサン》はそこで交渉を打ち切った。また陽《ひ》が昇ってから訪ねればよい話だった。

当たり前だが、四軒はすべて紙幣を選択した。大抵が一〇〇〇〇HKドル程度で片がついた。しかし、二〇一号室に住む老人だけは二〇〇〇〇HKドルを要求し、陳は拳銃を構える必要があった。白髪頭の腰の曲がった老人に対して銃口を向けるのは気が引けたが、仕方のないことだった。

その去り際、陳は告げた。

「何も見なかった。悪いけれど、復唱してくれるかい？」

「わしは何も見なかった。これでいいかね？」

老人は啤酒《ビール》瓶を片手に、不服そうに答えた。金額にまだ不満が残っていたのだろう。

「うん、それでいい。誰に訊《き》かれてもそう答えるんだ。分かってるね？」

「ああ、承知しとるよ」

「もし、口を割ったらどうなるかも承知しているね？」

瞬間、老人は息を飲み、濁った目を見開いた。そして、酔いが醒《さ》めた腹いせか、ちっと激しく舌を打った。

「その時、あんたは引鉄《ひきがね》を引くんだろう？」

「うん、そうだね」

「あんたは多分、何の躊躇《ちゅうちょ》もなくわしを撃つのだろうなあ。そんな気がするよ」

「確かめてみるかい？」

「そんな度胸はないね。わしの人生はもうすぐ終わりだ。額に穴を開けて人生を終えるなど勘弁願いたい」

「飛び降りて死を迎えるよりも？」

「ん、飛び降り？　一体何のことを言っておるのかね？」

そう言って、老人は得意げに再び啤酒《ビール》瓶を傾けた。

陳《チャン》は苦笑を零《こぼ》し、一度頷いた。

「それでいい」

張富君《ヂヨンフーワン》の自宅は三階にあった。３ＬＤＫの間取り。玄関を上がると、小ぶりなダイニングである。

陳が部屋を訪ねるであろうことを、張は考慮していたのだろうか。施錠はされていなかったし、電気も点《つ》いたままだった。いや、動転して何も気が回らなかっただけのことかもしれない。

寒い部屋だった。精神的な問題もあったろうが、とにかく、隙間風がそこかしこから入り込んでいた。オフィスといい勝負だ。陳は頬《ほお》を緩めたが、皮膚は冷たく強張《こわば》り、思うように動かせなかった。

車中、あれほど感じていた熱は既にどこかへ引いていた。陳はジャケットのボタンを留め、襟を立て、ダイニングを改めて見渡した。

綺麗《きれい》に片付いた部屋だ。妻の楚如《チョーユイ》が入院生活を送っているにもかかわらず、驚くほど整頓されている。食卓であろう木のテーブルには何も置かれていないし、傍らの食器棚には茶碗《ちゃわん》や皿が整然と積まれていた。

張富君、あるいは娘の玲玲《レンレン》が掃除をきちんと行っていたのだろう、そう思いながらキッチンを覗《のぞ》くと、陳は自分の想像が誤っていたことに気付かされた。

使われている気配がまるでなかった。楚如が入院して以来、シンクに洗い物が置かれたことはなさそうだった。あるいは、蛇口さえほとんど捻《ひね》られたことがないのかもしれない。

ここは楚如のための場所なのだ、そんな思いが色濃く漂っているようだった。

陳は携帯電話を手に取り、ボタンを押した。相手はすぐに応答した。

「陳《チャン》さん、どうしたのです？　こんな時間に」

葬儀屋の許志倫《ホイザーロン》は、こんな時間にそぐわない明確で快活な声を響かせた。

「許、今から動けるか？」

「ええ、準備をすれば十五分後には」

「準備ができ次第、大仙《タイシン》病院に向かってくれ」

「誰か亡くなったのですね？」

「そうだよ。だからこうしてこんな時間に電話をしているんだ」

許はまだ二十代だが、なかなかのやり手で如才ない男であった。葬儀屋という職業柄か、感情を心の内に留めておく術《すべ》に長《た》けており、加えて、ロバそっくりの顔をしているため、何かしらの安心感を遺族に与えもした。

しかし、その目は油断ならなかった。腹の底ではまったく別のことを考えている、そんな不快感を抱かせる人物でもあり、その不気味さの正体がつかみ難《にく》い、という厄介な側面も同時に内包していた。

だが、陳は彼を雇い続けていた。仕事振りには文句のつけようがなかったし、彼の父親から、「息子をお願いします」と深く頭を下げられたことも、その大きな理由の一つである。その際、許の父親は「何も訊かずに」と懇願した。

陳はその約束を守った。何も訊かなかった。

しかし、懸念すべきはまさにその点だった。何かしら事が起きてからでは遅い。加えて、許にはそんな危険性が確かに臭《にお》っていた。その兆候を未然に察知するためにも、彼を監視下に置いておく必要があったのだ。

「陳さん、どなたが亡くなったのです？」

許の声が急激に下がった。仕事だと神経を切り替えたらしい。わざとらしくはあったが、葬儀屋として彼を買っているのはこういう点だった。

「許、お前は張富君《チョンフーワン》を知っているか？」

「ええ。親しくはありませんが、顔と名前はもちろん」

許はそこで、「ああ」と声を上げた。

「そう言えば、彼の奥さん、あまり体調が芳《かんば》しくありませんでしたね」

「いや、楚如《チョーユイ》じゃない」

「違うんですか？　では、一体――」

「娘だ。張の娘、玲玲《レンレン》だ」

「え、娘さんですって？」と、許は声を裏返した。

「そうだ。玲玲はまだ十五歳だった」

陳は、玲玲が自宅アパートの屋上から飛び降りたらしいことを簡単に告げた。

許はまず動揺を示した。が、徐々に黙って耳を傾け、「ええ」「はい」と相槌《あいづち》を打ち出す。

職業的な嘘臭《うそくさ》さは感じたものの、陳《チャン》の感情を逆撫《さかな》ですることは決してなかった。ただ、少しばかり声が震えているようだった。

「いいか、許《ホイ》。誰にも見られず病院に入るんだ。張富君《ヂョンフーワン》は既に病院にいる。間違っても院内を歩き回るんじゃない。大仙《タイシン》病院には彼の妻、楚如《チョーユイ》も入院しているんだ。彼女には絶対に姿を見せるな。分かったね？」

「娘さんの死を伏せておくのですね？」

「ああ、張からそう頼まれた。約束は守る」

「分かりました。では、張富君とも会わないよう注意しましょう。娘さんが亡くなったばかりなのに、そこに葬儀屋が現れては彼も気分を害するでしょうから」

「そうしてくれ。僕の方から病院に連絡は入れてある。いつものように担当医師は周賢希《チャウインヘイ》だ。彼と相談するんだ。あとのことはお前に任せる」

「はい。警察に連絡は？」

「まだだ。もう少し調べてから僕が判断するよ」

「何かあればまた連絡します」

そう言って、許は電話を切った。

陳は一つ息を吐き出した。許ならば問題ないだろうし、四軒との交渉の合間に連絡を入れた周賢希医師も、特に懸念する必要はないだろうと思われた。

周医師が大仙病院にいたのは幸いだった。やたらに長い肩書きを持つ男で、その長さに応じて、それなりの地位にいる外科医であった。張富君の妻も彼に任せている。

周ならばしばらくの間、玲玲《レンレン》に関する一件を院内に、いや院内の一室に封じ込めておくことができるだろう。圧力や脅しには易々《やすやす》と屈しない人物だ。病院でも変わり者のドクターとして通っているようだ。唯一の弱点といえば、ギャンブルに目がないということだけだろうか。

陳は奥へと延びる通路を進んだ。突き当たりが玲玲の部屋だった。淡い桃色に塗られた扉を見れば一目瞭然《いちもくりょうぜん》であった。陳はゆっくりとドアノブを回した。

一瞬、「あ、陳さん」という玲玲の声を聞いたような気がした。

その錯覚に少しばかり身を委《ゆだ》ねようかと、感傷的な気分になる。しかし、彼女の部屋がそうさせてはくれなかった。

玲玲の部屋は驚くほどに生活感がなかった。何もかもが整然としていた。机の上も本棚の中も、果てはベッドにさえ乱れがない。十五歳の少女らしく、雑貨や小物といった類《たぐい》のものは置かれている。だが、あまりにも整えられ過ぎていた。それは彼女の性格に拠《よ》るものではなく、何らかの意志を感じざるを得なかった。

――玲玲は覚悟の上だったのかもしれない。

陳はまた大きく息を吐いた。沈黙に包まれた部屋を見渡す。ベッドだけがとりわけ大きく映った。一歳の誕生日に贈ったベビーベッドは、今と比べ物にならないほど小さかった。玲玲《レンレン》はその柵の中で頬を赤く染め、すやすやと眠っていた。陳《チャン》の指をぎゅっと握り締めて。その寝顔が記憶に蘇《よみがえ》る。

――玲玲、一体何があったんだ？

陳の目と足は机へと向かっている。部屋の扉を開けた時点で、陳はすぐに気付いていた。机の上に一枚の紙が置かれていることに。扉と同じく淡い桃色の便箋《びんせん》だった。

爸爸《パパ》、媽媽《ママ》。
對唔住《ドインデュー》（本当にごめんなさい）。

たったの二行だけだった。

確認するまでもない。やや角の丸い玲玲の文字に間違いなかった。

陳は以前、玲玲からラブレターを受け取ったことがある。いや、ラブレターというには夢見がちで、ある種の憧憬《しょうけい》の念を書き連ねたものだった。

陳さんのことが好きです。陳さんの元で働きたい――。

そんな可愛《かわい》らしい想《おも》いに頬を緩めた。

返事は出したはずだ。だが、何と書いたろうか。

素っ気ない文章だったに違いない。学校を卒業した時にまた考えよう——陳なりに、彼女が真剣になるのを待ちつつ、過度に期待を持たせないようやんわりと流したはずだ。玲玲にとっては物足りないものだったろう。

陳は自らの決断に後悔はないと自負している。だが、彼女への返事に関しては果たしてあれでよかったのかと、今更ながら疑問に思うのだった。

葬儀屋の許《ホイ》から連絡が入った。

大仙《タイシン》病院に向かって家を出た、その旨を告げるものだった。腕時計を見ると、あれから十五分が過ぎていた。許の言った通りだった。

陳は玲玲の最期の二行をそっとポケットに入れた。父親の張富君《ヂョンフーワン》に届けてやるつもりだった。

どうやら——玲玲の死は自殺と見てよさそうだ。

陳は部屋をあとにした。今後の対処法を考えながら張富君の家を出て、屋上へとエレベーターに乗った。このアパートは八階建てである。八階まで到着すると、そこからは階段を使うことになる。

コンクリートが剝離《はくり》していない部分の方が少ない階段を昇りながら、陳は思考を巡らせた。しかし、考えがまとまらないまま屋上に到着した。

そこには、また陳の頭を悩ませる厄介ごとが待っていた。

一〇一号室の林秋雲《ラムチャウワン》とばったり出くわしたのだった。

3

「これはこれは。まさか二度も会うとは思わなかったよ」

陳小生《チャンシウサン》は努めて明るく切り出した。

林秋雲《ラムチャウワン》は一瞬、顔を凍りつかせて身構えた。月光とほんの僅《わず》かな灯《あか》りに照らされた彼は、更に病的に映った。

――この男、薬をやっているな。

陳はいくぶん警戒を強める。

「えっと、あんたは確か……」

「陳小生だ。もう忘れたのかい？」

「ああ、そうだ。覚えてるよ。忘れる訳がない」

「光栄だね」

陳は一歩踏み出した。それに応じて林秋雲は後退《あとずさ》り、覚束《おぼつか》ない足取りで距離を取った。

「ところで、君はここで何をやっているんだい？」

「何って、外の空気を吸いたくなってね」

「へえ、わざわざ屋上まで？」

「別にどこへ行こうとおれの勝手だろ」

「まあね」

「ふん、じゃあ、おれはもう戻るよ」

林秋雲はそう言って、小走りに陳の横を通り過ぎようとした。陳はそこに足を出し、器用に引っ掛けて彼を転ばせた。

「何すんだよ！」

「確か君は紙幣を選んだはずだ。でも、拳の方が好みだったらしいね」

「何だって？」

陳は寝転がった林秋雲の脇腹を蹴《け》り上げた。グゥという呻《うめ》き声が零れる。陳のスニーカーの先に、肋骨《ろっこつ》が折れたであろう感触が残っていた。骨が脆《もろ》い。やはりこの男、薬物中毒に違いない。

「もう一度訊ねるよ。何故ここにいる？」

「だから、外の空気を……」

「うん、それは聞いた。でもね、多分、僕がもう一度脇腹を蹴ったら、君はその空気を吸えなくなるよ。それでも構わないかい？」

林秋雲は目を見開き、体を震わせた。弱々しく首を左右に振り、何か言葉を発しようと懸命に唇を動かしていた。

「うん？　聞こえないよ」

「……外の……空気を」

切れ切れに声が届く。

「見かけによらず、君はなかなか意志が強いんだな。それは褒めておこう。でも、僕は見かけによらず気が短いんだ」

陳《チャン》は尻のベルトから拳銃を引き抜いた。林秋雲《ラムチヤウワン》がヒッと息を飲んだ。

「これが最後だ。君はどうしてここにいる？」

「……で、電話が」

林秋雲の目が銃口に吸い込まれていた。

「電話？」

「そうだ。電話がかかってきた」

「誰から？」

「し、知らない男だった」

「男？　それは確かだろうね？」

「ああ……間違いない」

「君が知らないのに、相手はどうして君を知っている？」

「わ、分からない」

「男は何と言ったんだい？」

「あの女の子が……飛び降りた少女が何か残していないか、それを調べてくれって」

「少女が何を残していると？」

「遺書とか、そういう類のものだと言ってた」

「遺書？」

「ああ。あれば持ち帰れ、なければ探し出せ、そう言われた」

「ふうん。で、見つかったのかい？」

「何も見つけていない。本当だ」

林秋雲の口から涎《よだれ》が垂れていた。

「もし見つかっていたら？　電話の男はどんな条件を？」

「二〇〇〇〇ＨＫドルで買い取るってよ。あんたからもらった口止め料の倍額だ。だから、ついつい おれは……」

「話に乗ったのか。君はそれでドラッグを購入するんだろうね」

「ああ、そうさ。おれの勝手だろ！」

「うん、それは君の勝手だよ。勝手に薬で身を滅ぼせばいいさ。でもね――」

陳は銃口を林秋雲の額に押しつけた。林秋雲の口から「ヒッ」という悲鳴と共に、涎が流れ落ちた。

「でもね、その汚い手で少女のものに触れてはいけない。僕が絶対に許さない。電話の男から、君は少女の部屋番号も教えられたんだろう？　君はまずそこへ行った。でも中には僕がいた。だから君は先に屋上に上がって来た。幸い、ここには何もなかったようだ。ねえ、林秋雲《ラムチャウワン》。君は少女の家の扉を触ったかい？　その手で壁に触れたかい？　だったら必ず綺麗に拭《ふ》いておくんだ。分かったね？」

そう言って、陳《チャン》は拳銃で思い切り林秋雲の横っ面を殴った。彼の意識は瞬時に飛んでいた。陳は軽く顔を歪《ゆが》めた。手加減を忘れたか——。

ポケットの桃色の便箋が、玲玲《レンレン》の文字が、陳の頭を過《よ》ぎる。

林秋雲に電話を寄越した男は、玲玲の遺書らしきものを探していたと言う。

何を恐れていた？

林秋雲の言葉を信用すれば、玲玲が何かを書き残した、と電話の男は勘繰っているようだ。

その男の名前、あるいは特徴——何かは不明だが、男にとって不都合なことであるのは間違いないだろう。電話の男が玲玲の死に関係している可能性は非常に高い。林秋雲に訊ねるまでもなく、それは明らかなことだった。

陳は屋上に巡らされたフェンスの一角へと移動した。玲玲が飛び降りたであろう場所に立ち、そこから眼下を覗き見た。そしてまた視線を戻し、周囲に目を配った。やはり屋上には何もない。玲玲が残したものは、今のところ部屋の机に置かれた便箋だけだった。念のため再度の確認をし、林秋雲をその場に放《ほう》ったまま屋上を出た。階段を降り、エレベーターに乗った時、陳の頭には七つの名前と六つの顔が浮かんでいた。その共通点は唯一つ。玲玲の死を既に知っているということだった。

このアパートの住人、つまりは林秋雲を含めた五名の野次馬。そのうち、一人とはまだ顔を合わせていない。残る二つの名前は周賢希《チヤウインヘイ》医師と葬儀屋の許志倫《ホイヂーロン》。

待てよ——張富君《ヂヨンフーワン》が見落としている可能性もある。張から五名の名前を聞かされたが、野次馬はまだ他にいたかもしれない。玲玲の倒れていた路地まで、わざわざ足を運んだのがその五名ということだ。それ以外に、部屋の窓から覗いていただけの人物がいてもおかしくはない。

張の部屋の前で立ち止まった。陳は再び玄関へと足を踏み入れる。一見したところ、先程と変わりなかった。林秋雲のような侵入者の気配はないようだ。

玄関脇の壁のフックに鍵《かぎ》が掛かっていた。陳はそれを取り、通路に出て施錠した。そのあと、室内の電気を消し忘れたことに気付いたが、張が戻った時を考えると、そのままの方がよいだろうと思った。暗い家に張を帰したくはなかった。

アパートから表通りに出て、陳はボルボのエンジンを始動させた。そして、再び携帯電話を手に取った。ほんの少し躊躇したが、アクセルを踏んだと同時に張富君《ヂョンフーワン》を呼び出した。

「今、電話をしても大丈夫かい？」

「はい、構いません」

思っていたよりも張の声は安定していた。少しは落ち着いたのだろうが、それでも娘の死を受け入れるには早過ぎる。無理をしているのは痛いほどに察せられた。

「陳《チャン》さん、何から何まですみません。周《チャウ》先生から話を伺いました。娘の死を、しばらく伏せておくよう取り計らってくれるそうです」

「うん、周ならちゃんとやるよ。何も心配はいらない」

ボルボは旺角《モンコック》に出ていた。彌敦道《ネイザンロード》と亞皆老街《アーガイルストリート》の交差点、地下鉄ＭＴＲ旺角駅周辺は、午前三時を回っても、あちらこちらに人の姿があった。酒を飲み、タバコを吸いながら高笑いをあげて歩く群れの中に、幾人か見知った顔を目にした。女人街《レディースマーケット》の露店商の連中だった。

陳はボルボを路肩に停め、タバコに火を点けた。

「楚如《チョーユイ》には会ったのかい？」

「いいえ。今顔を合わせると、あいつは何かあったと必ず気付きます。勘がいいですから」

「そうだな。その方がいいかもしれない」と、陳は頷く。「周はそこにいるかい？」

「え？　はい、おられますが。代わりましょうか？」

「いや、あとでいい。それよりも、玲玲《レンレン》のことを思い出させるようで悪いんだが、君に訊きたいことがいくつかある。廊下でも非常口でも構わない。一人になれる場所に移動してくれないか」

「はい……分かりました」

張はやや訝《いぶか》しげに応じた。送話口を押さえ、周に何やら告げている気配が伝わってくる。しばらく無言が続いたあと、「どうぞ。階段の踊り場に出ました。周囲に人はいません」と、張の押し殺した声が聞こえた。

「周はずっとそこにいたかい？　君が病院に到着してから、周がその場を離れることはなかったかい？　例えば、電話をかけるためにどこかへ出たとか、あるいは、かかってきた電話で席を外したとか」

「いいえ、ありませんでした。ずっと私と一緒でしたが……」

「張、変に勘繰らないでくれ」と、陳は付け加える。「僕がそういう訊ね方をしているのは分かってる。でも、深読みはしないでくれ。いいね？」

「はい」

「よし、次は林秋雲《ラムチャウワン》だ」

「林秋雲、ですか？」

「うん。君が教えてくれた見物人の一人だ。一〇一号室の」

「彼が何か⁉」張《チヨン》の声に緊張が走った。「まさか、娘のことに――」

「張、僕は言ったね。深読みをするなって」

林秋雲《ラムチヤウワン》との一騒動はまだ話すべきではないだろう。張ならば暴挙に出るとは思えないが、我が娘のことだ、万が一の可能性は捨て切れない。

「すみません……」

「彼はどんな男だい？　どうやら薬物をやっているようだけれど」

「仰る通りです。彼とはもう会ったのですね？」

「うん、会ったよ。交渉にも素直に応じた」

「そうですか」

張の返答は、あの男がよく素直に条件を飲んだな、という風にも取れたし、あの男なら素直に条件を飲むのも当然だ、という風にも取れた。

「正直なところ、アパート内で彼を見かけることは稀《まれ》です」と、張が切り出した。「彼が薬物中毒であることは、恐らく住人のほとんどが知っていました。部屋に閉じこもっていることが多く、ごくたまにすれ違ったとしても、みんな距離を保ってやり過ごしていました。ですからあの場で彼の姿を目にした時、実は少し驚いたのです。数週間ぶりに彼を見たもので」

「けれど、君はその普通の住人の中の一人じゃない」

「え？」

「彼はごくたまにではあるが外出していた。彼はどこへ行っていた？　君は調べているはずだ。アパートの住人は一通り把握しておけ、厄介な人物は特に注意しろ、僕は常にそう言ってきた」

「薬物を仕入れに出かけていたようです。売人のところへ」

「その売人は分かるかい？」

「はい、顔だけは」

そうして張は売人の人相を的確に説明した。話し終わらぬうちに、陳《チヤン》自身も記憶にある顔が一つ頭に浮かんでいた。女人街《レディースマーケット》近辺を縄張りにしている眉毛《まゆげ》の薄い男だった。

「それから、君の目を疑う訳ではないけれど」陳は続けた。「あの時、路地裏まで降りずに、窓から君と玲玲《レンレン》を見ていた人物はいなかったろうか？」

「いえ、一応ざっと確認しましたが見当たりませんでした。しかし、見落としていることも考えられます。状況が状況でしたので……すみません、陳さん」

「謝らなくていい。僕は君を責めているんじゃない。君はあの状況でもやるべきことはちゃんとした」

「有難うございます」

「じゃあ、ちょっと周《チヤウ》と代わってくれないか。彼にも訊きたいことがある」

張《ヂヨン》は今度は深読みの気配を見せず、周《チヤウ》の部屋へと戻り始めたようだった。その最中、陳《チヤン》は電話口から、「ああ、そうだ」と声をかけた。

「あの二〇一号室の老人、強欲だが、なかなか面白い人物だね」

「ええ。まったく調子のいい爺《じい》さんで」

ここ数時間で、張が初めて聞かせた柔らかな声だった。

4

葬儀屋の許志倫《ホイヂーロン》は大仙《タイシン》病院に到着している、周賢希《チヤウインヘイ》医師はそう話した。玲玲《レンレン》の傍から父親の張富君《ヂヨンフーワン》が離れないため、隣室で許を待機させていると言う。

「張富君と鉢合わせしないよう配慮した。許からもそうして欲しいと請われたからな。それでよかったろうな?」

周は何やら含んだような口調で、分かり切った確認をした。陳小生《チヤンシウサン》はその意図に気付かぬ振りをして、「それでいいよ」と簡単に答えた。

「許は今もその隣室にいるのかい?」

「いると思うが。物音一つしない。静かなもんだ」

「ん、物音が聞こえる隣室なのか?」

「いや、そういう意味じゃない。言葉の綾ってもんさ」

「悪いが確認してくれないか」

「おいおい、俺が信用できないのか」

「確認してくれ」

「陳、あの男がまさか――」

「まさか、何だ?」と、陳は制する。「周、声が大きい。張富君に聞こえたらどうする? 彼にいらぬ心配を抱かせるな。そんな無神経で君はよく医者になれたな」

「随分なことを言ってくれるな、陳小生よ。いらぬ心配をしているのはあんたの方だ。張富君は席を外している。この電話を俺に渡した時点でな。あの男はどこまでも弁《わきま》えた人物だよ。あんたの部下にしておくのは勿体《もったい》ない」

「ギャンブル狂いの君から忠告を受けるとは、僕も落ちたもんだね。そう言えば、いつ借金を返してくれるんだい?」

「それを言うな」と、周は歯を軋《きし》らせた。「分かったよ。行けばいいんだろうが」

「それでいい」

パタンと扉の開く軽い音が聞こえる。

「ところで陳よ、張富君を家に帰してくれ。娘の傍にいたい気持ちは分かる。しかしこのままじゃ、娘さんの遺体を診《み》ることができん。父親の前で娘の体を触るなど、俺にはできんよ。俺はそこまで無神経な男じゃない。あんたは否定するかもしれんがね」

「否定したいが今はよしておくよ」

扉をノックする音が届く。それに応じ、「はい」という声がやや遠くから続いた。確かに許志倫《ホイヂーロン》のものだった。

「聞こえたか？」と、周《チャウ》が言った。「あいつはちゃんとここにいる」

「うん、そのようだね。許がその隣室に入ってから、妙な真似はしなかったかい？」

「妙な？」

「そうだね、例えばひどく慌てていたとか、頻繁にどこかに電話をかけていたとか」

「俺は目の前の人間は診られるが、壁の向こう側にいる人間は診られない。それができるほど医師として自信はないね」

「なかなか愉快な嫌味だ」

「ふん」と、周は鼻を鳴らす。「あんた、もう少し人を信用したらどうだ？」

「しているさ。だから君に玲玲《レンレン》を預けた。楚如《チョーユイ》を預けた」

「それは信用というよりも、脅しに近いと思うがね」

「だったら借金を返済することだ。その時、脅迫は信用に変わるよ」

ゴリゴリとざらついた音が電話口で鳴っていた。周が髭《ひげ》を掻《か》いているのだ。彼の顔下半分は濃い髭で覆われている。それは出会った頃から一貫して変わりない。周は無神経というよりも、無頓着という言葉がぴったりくる中年だった。

「そんな日がくるのかねえ。ずっとあんたに脅されながら、俺は一生を終えるような気がするよ」

「場合によってはね」

「はっきり言ってくれるな。俺はあんたの命令通りに動いている。張富君《ヂヨンフーワン》の娘の件も外に漏れないよう抑えている。あんたも少しは考慮してくれたらどうかね」

「このまま漏れなければ考えるよ。でも、これ以上は貸さない」

「おいおい、考慮はどこへ行った?」

「そうだな、返済期日は延ばしてもいい」

「ちっ、明日、いやもう今日か、堅いレースがあるんだがな」

周は跑馬地《ハッピーバレー》のことを言っている。周は無類の競馬好きなのだ。

「他から借りてくれ。そして、その堅いレースで僕に借金を返済することだね」

「他からはもう借りられねえこと、あんたも知ってるだろうが。嫌味な男だな」

「君ほどじゃないよ」

「ちっ」と、周はまた舌を打った。「いいだろう、ならば嫌味はなしだ。俺からもはっきり言っておこう。張富君の奥さんだが——」

直感的に、陳《チヤン》は電話をきつく握り締めた。

「——危ないのか？」

「ああ。もって一ヶ月」

「一ヶ月……」

陳《チャン》は大きく溜息《ためいき》を吐《つ》いた。

「娘さんの次は奥さんだ。張富君《ヂヨンフーワン》もやり切れんだろうな」

周《チャウ》の嘆きは医者というよりも、気のいい親父《おやじ》といった感があった。

「分かったよ、周。有難う。僕も張を気にかけておく。君もそうしてくれ」

「当たり前だ。その次は張富君自身、なんてことは勘弁願いたいからな」

あとはよろしく頼む、そう言って陳は電話を切った。そして、ハンドルにてのひらを叩きつけた。クラクションは鳴らなかった。

許志倫《ホイヂーロン》から連絡が入ったのは午前七時頃のことだった。陳は二時間ほど前に自宅に戻って来たばかりで、シャワーを浴びて少し仮眠を取ろうかと、ベッドに入ったところだった。

「今、どちらに？」

許が訊ねた。徹夜だったろうが、声に疲れの色はない。

「自宅だよ」

陳は周医師との電話のあと、旺角《モンコック》の女人街《レディースマーケット》周辺を歩いてみた。車の乗り入れができない狭い路地もあり、そうせざるを得なかった。

陳は売人を探した。林秋雲《ラムチャウワン》に薬物を売っていた男だ。

例の電話の男に関して、少しでも情報を得ておきたかった。林秋雲本人から訊くことはできない。彼はアパートの屋上で、まだ寝転がっているだろう。現時点で林秋雲とつながっている人物は、その売人しか見当たらなかった。

売人の男がこの一件に関わっている可能性はあるだろうか——そんなことを考えながら、陳は一時間ほどうろついた。が、その姿はどこにもなかった。どこに住んでいるのか調べる必要があるなと、陳は頭に刻んだ。

「陳さん、今からそちらに伺っても構いませんか?」

許の口振りはひどく神妙なものだった。

「玲玲《レンレン》に関することだね?」

「はい。その、電話で話してよいものか、少々迷っていることがありまして」

「僕と直接話したい、そういうことかな?」

「ええ、その方がよいかと。周先生からは口止めされているのですが……」

陳はゆっくりとベッドから起き上がる。

「口止め?　どういう意味だ?」

「いえ、隠し事があるという意味ではありません。陳さんには俺からあとで話す、先生はそう言っておられたのですが、耳にしてしまった以上、やはり少しでも早く陳《チヤン》さんに話すべきではないかと」

「周《チヤウ》がそうしろと言ったのではなく、君自身の判断ということだね」

「はい、そうです」

「分かった。どれくらいで着く?」

「実は、もうすぐそこまで来ています」

許《ホイ》らしい周到さだった。陳は「門を開けておくよ」と電話を切り、クローゼットの中から新しいシャツを取り出した。そして階下に降り、鍵を開けて許の到着を待った。

許は五分もしないうちに玄関に現れた。

「すみません。こんな早くから」

許はいつものように深々と頭を下げた。黒のスーツ姿だった。

「よし、早速聞こうか」

許の有能さは、余計なことを喋《しやべ》らないという点にもある。素敵な家ですね、広い玄関ですね、そんな世辞を一切口にしない。陳がそうされることを嫌うと、許は知っているのだ。リビングに通し、コーヒーを出してやると、許は一口だけ酸味を味わい、おもむろに告げた。

それは——予想もしなかった事実だった。

「亡くなった玲玲《レンレン》さんですが、強姦《ごうかん》された形跡があるそうです」

陳の動作が瞬時に凍りついた。許の向かいに座ろうとしていた体が硬直した。

「何だって？　玲玲が……」

「はい」

「許、いい加減なことを口にするんじゃないよ」

「いえ、本当です。周先生がそう仰っていました」

「玲玲が、まだ十五歳の少女が――強姦された？」

「はい」

「許、もう一度言ってくれ。玲玲がどうされたって？」

「……い、いえ、その」

「もう一度言え」

「そ、その……」

陳の中で何かが弾《はじ》けた。玲玲の赤い寝顔、円らな瞳、艶やかな口元に下手な化粧。そして桃色の便箋と、丸まった文字が一気に浮かんでどこかへ消えて行く――。

「ふざけるな！　許志倫《ザーロン》！」

「は、はい！」

「そこに立て！　僕の目の前に立て！」

許《ホイ》が慌てて立ち上がった。その拍子に彼はテーブルに激しく膝《ひざ》をぶつけ、コーヒーカップを倒した。黒い液体がマットに流れ落ちた。

「す、すみません、陳《チャン》さん」

許は多分、コーヒーを零したことについて謝ったのだろう。

彼の折れた上半身、その顔面を狙《ねら》って、陳は思い切り右の拳を放っていた。

続けて、更にもう一つ。グシャ、という湿った音がした。

と同時に、許はマットに寝転んでいた。口を両手で押さえながら、その場でのた打ち回っている。

コーヒーが染み込み始めたマットの上に、数個の白い欠片《かけら》が点在していた。

許志倫《チーロン》の歯だった。

「す、すみません、すみません！」と、許のくぐもった懸命な声。

「お前、僕が何を怒っているか分かるかい？」

「い、いえ」

「勝手な真似をするな、僕はそう言いたいんだよ。玲玲《レンレン》が強姦された？　お前の口から聞かされるべきことじゃない。だから周《チャウ》は口止めしたんだ。周本人が僕に告げるべきことなんだ。それをお前は！」

陳は許の脇腹を蹴り上げた。今度は歯ではなく、胃液が許の口から流れ出た。

「何のつもりだ？　どういう魂胆だ！　点数稼ぎのつもりだったのか、え？　僕に取り入るつもりだったのか？　舐《な》めた真似をするな！　お前は葬儀屋だ。医者じゃない！」

「すみません……すみません……」

「お前は葬儀屋として有能だ。だが、判断を下すのはその仕事の範囲内にしておけ！　お前の余計な判断など、僕は求めていない！」

許の顔が激痛と苦痛に歪んでいた。その口元を血と胃液で濡らしたまま、許は立ち上がった。そして頭を下げ、体を引きずるようにして後退りし始めた。一歩下がるごとに、ぽつりぽつりと床に血液が滴《したた》る。

陳はその血痕《けっこん》を目で追い続け、玄関の扉が開き、閉まる音を聞いた。

――玲玲、何があった？

陳はその場に立ち尽くし、固く拳を握り締めた。一歩も動けない。その意欲すら湧《わ》いてこない。呼吸していることすら曖昧《あいまい》で、ただただじっとしていた。

遠くで電話が鳴っていた。許からの謝罪の電話か、あるいは周医師からか。呼び出し音に諦《あきら》める気配はない。何コールも続いている。その甲高い機械音を背に、陳はゆっくりと玄関へ向かった。

――そこまでは覚えている。

はっと我に返ると、眼前には海が広がっていた。

維多利亞灣《ヴィクトリアハーバー》。

ボルボを駆ったことも、海底トンネルを抜けたことも記憶から抜け落ちていた。

午前七時四十五分。尖沙咀《チムサアチョイ》の突端の遊歩道に観光客の影はない。こんな朝早くから海を眺める地元の人間もいない。昨日より気温は低く、シャツ一枚では震えるような朝だった。

何故ここに来たのだろうか――陳《チャン》はふと考える。

ああ、そうだ。玲玲《レンレン》と二人でこの遊歩道を歩いたのだ。

――陳さん、今から会えないかな？　忙しいかな。

あの時、そう呼び出されてここにやって来た。玲玲は学校帰りのためか制服姿だった。

そして、ラブレターを手渡されたのだ。

陳は傍らのベンチに腰を下ろした。無性にタバコが吸いたかった。ジーンズのポケットに手を突っ込む。しかし、指に触れたのは車のキーだけだった。

隣のベンチに、ひどく覇気のない男が一人で座っていた。まるで気配というものを感じなかった。何やらすべてのことを放棄した、そんな顔で男はぼんやり海を眺めていた。

「你好《ネイホウ》（やあ）。悪いけれど、タバコを持っていたら一本くれないか」

陳は声をかけた。男は頼りなげに視線を横へ振ると、すぐにまた元に戻した。

「タバコを持ってないかい？」

再び訊ねると、男は再度、ゆっくりと陳を見やり、「寒そうだな」と言った。予想外の言語、日本語だった。

「うん、少し寒い」と、陳も日本語で答えた。

「あんた、怪我しているのか?」

「え?」

「右手に血がついている。拭いた方がいい」

陳は男から視線を外さなかった。許《ホイ》の血痕など見たくもなかった。

「君、日本人なのかい?」

「そうだ」

男は微かに一度だけ、首を縦に落とした。

「観光客じゃなさそうだね」

「違うと思う」

「ここに住んでいるのかい?」

「いや、住んでもいない」

「だったら、君はどうしてここにいるんだい?」

「分からない。自分でも、どうしてここにいるのか分からない」

男の口調はどこまでも淡々としていた。そして変わらず、表情も淡白なままであった。

「ふうん。肌寒い冬の朝には似合わない会話だね」

そう言って、陳《チャン》はベンチから立ち上がった。そして、軽く笑みを浮かべつつ、男へ向けて足を踏み出した。

「あんた、ここの人間か？」と、男が言った。

「そうだよ」

「日本語が上手《うま》いな」

「まあ、職業柄ね」

「なかなか流暢《りゅうちょう》な日本語だ。大したものだ」

男の前に立った。陳は男のぼやけた目を見つめながら、「君の名前は？」と訊ねた。

「――新田悟」

「僕は陳小生《シウサン》。よろしく」

陳は左手を差し出し、新田悟という日本人と握手を交わした。

二〇一二年　夏　八月二日〜三日

1

悟──。
おれは陳《チャン》を裏切った。
本当にすまない。止《や》むに止まれぬ事情があったのだ。
いつかは露見すると思っていた。
どうしても金が必要だったのだ。陳に謝っておいてくれ。
それから、罪滅ぼしと言う訳ではないが──。
任家英《ヤムガーイン》に気を付けろ。
この男の名を覚えておけ。
悟──おれは、お前のこと気に入っているんだぜ、本当に。

間違いなく劉巨明《ラウゴイミン》の文字だった。彼の妻、麗文《ライマン》から手渡された紙切れ。乱雑に破られた紙の端に殴り書かれていた。

——任家英《ヤムガーイン》。

聞いたことのない名前であった。任という姓には幾人か心当たりがあるが、家英という名は記憶になかった。

新田悟は遅い昼食をとりながら、何度もメモ書きを読み返していた。その間、巨明の巨体が重々しくずっと頭の中にあった。好物の生春巻きを口に放り込んでいたはずだが、まるで咀嚼《そしやく》した覚えがない。気付くと、皿の上にはもう一本しか残っていなかった。

「サトル、もう少し美味《うま》そうに食ってくれ。自信がなくなっちまうぜ」

頃合を見計らっていたのだろう、好々爺《こうこうや》という表現がぴったりくる小太りの店主ホーが、下手糞《へたくそ》な英語で声をかけてきた。

「すまない」新田は素直に謝った。「ちょっと考え事をしていたもんでね」

「考え事を中断させるくらいの味じゃなきゃな。わしの腕もまだまだってところか」

「違う。今日に限っては、どんな料理が出てこようが思考の勝ちだった。燕《つばめ》の巣だろうが、北京《ペキン》ダックだろうが、満漢全席だろうが」

「どれも食ったことがないぜ」

「俺もだよ」

ベトナム人街という一面を持つ豉油街《ソイストリート》には、当然ながらベトナム料理店がひしめき合っている。中でもホーの店〈ヴァーイ〉は、生春巻きが評判の一軒だった。〈ヴァーイ〉とはベトナム語でライチを意味するそうだ。しかし、この店のメニューのどこを探しても、〈ヴァーイ〉の文字はなかった。

最後の一本を丹念に味わった。やはり舌触りや風味は格別だった。

新田の表情に満足したのか、ホーはククと笑いを噛《か》み、もう邪魔はしないよと奥へ引っ込んだ。

——どうしても金が必要だった、か。

新田は茶を啜《すす》り、一息吐《つ》いた。

確かに、巨明には逼迫《ひっぱく》している様子があった。露骨に「金を貸してくれ」と頼まれたことも一度や二度ではない。ギャンブルで膨れた借金だろうと思っていたが、借りた相手がまずかったのだろうか。

陳小生《チャンシウサン》は余程のことがない限り、身内の者に金を貸さない。巨明は厄介な連中に頭を下げたのだろうか。

我々の得る収入は決してよいとは言えない。平均的なサラリーマンよりも少しは多いという程度だ。だが、巨明は二人暮らしだった。ならば十分過ぎる。毎月返済するとしても、貸主を満足させるだけの余分はあったはずだ。命を落とす必要は断じてない。いや、何もそれらが原因で撃たれたとはまだ――。

新田はタバコに火を点《つ》け、深く煙を吸い込んだ。この殴り書きから想像されることは、とにかく巨明《ゴイミン》は陳《チャン》の売上を誤魔化す程度ではなく、それよりも実入りのよい仕事に手を出した、ということだった。

タバコを一本灰にしたと同時に、陳から電話が入った。

「サトル。麗文《ライマン》のところに行ってくれたんだね。礼を言うよ」

相変わらず飄々《ひょうひょう》とした口調だった。電話になると、余計に嘘臭《うそくさ》く聞こえるのも相変わらずだった。電波というのは深刻さをより真実に、暢気《のんき》さをより嘘に近づける機能を持っているのかもしれない。

「葬儀屋の許志倫《ホイヂーロン》から連絡が入ったんだな？　ならば聞いたろう、麗文さんのこと。何者かが張り込んでいる。あんたの情報網に引っ掛かっているか？」

電話からは静かなエンジン音が聞こえていた。恐らく陳は、葬儀諸々《もろもろ》の段取りに奔走しているのだろうと思われた。

「いや、許からの電話で僕もびっくりしているところだ」

「そいつは珍しいな。あんたが知らないとは」

「僕だって完璧《かんぺき》じゃないさ」

「そんなことはない。あんたはいつも完璧だ」

しばらく間があった。電話口から、一度だけ陳の軽い鼻息が漏れた。

「サトル、悪いけれど麗文を任せてもいいかい？　巨明の葬儀も含め、色々とあって僕は動けないんだよ」

「分かった。俺が何とかしよう。あんたはそっちに専念してくれ。陳、いつ手が空く？」

「そうだね、今日は無理かもしれない」

「よし、明日の午前中にオフィスで会おう」

「うん、明日だね」

何かあれば連絡する、そう告げたあと、新田は確認すべきことを一つ思い出した。

「あんた、麗文さんに電話を入れたか？　葬儀屋の許の件で」

「ああ、入れたよ。許という人間が訪ねるってことも、サトルが行くってこともね」

「そうか、それならいい」

「許がどうかしたのかい？」

陳の口調に、いささか疑念の色が走ったようだった。しかし、その疑念に対し、新田はまだ説明できる段階になかった。深く問い質《ただ》される前に電話を切りたかった。

「なあ、陳。任家英《ヤムガーイン》という名前を覚えておいてくれ」

返事を待たずに電話を切った。そしてそのまま、ある男を呼び出した。仲間の足ではないが、陳を介して、それに近い関係を持った人物だった。巨明の事件について、陳に情報を流したのも恐らくこの人物である。

要するに、陳《チャン》に頭の上がらない悪徳警官だった。

「まだチンケな商売に励んでいるのか？」

時間通りに陳のオフィスにやって来た羅朝森《ローチウサム》刑事の第一声は、ひどく上品なものだった。

羅は、いかにも刑事といった獰猛《どうもう》な目をしていた。目は睨《にら》むためにある、とでも言いたげな細く鋭い双眸《そうぼう》。髪は短く、額の辺りが少し禿《は》げ上がっている。面の皮は厚く、何か癪《しゃく》に障《さわ》ったような表情でがっちりと固定されていた。四十前後だと思うが、実際の年齢は知らなかった。

「あんたには関係のないことだ」

「そんなことはないぜ」羅は嫌らしく口元を歪《ゆが》める。「お前、しばらく女人街《レディースマーケット》には顔を出すな。特に金髪のガキの店にはな」

「何だと？」

と言って、すぐに思い当たった。あの二人組の日本人女性観光客だ。警察に被害を届けたらしい。思っていたよりも彼女らは頭が回るようだった。

「だがまあ、たったの二〇〇〇HKドルだ。警察もやる気にならんさ」

羅刑事はエアコンの前で、「暑い、暑い」と繰り返しながら、湿ったベージュの開襟《かいきん》シヤツを丹念に乾かしていた。

「おい、茶の一杯も出さねえのか」

そう催促する羅に素直に従い、新田は冷蔵庫から缶啤酒《ビール》を取り出した。

「こっちの方がいいんだろう？」

「ほう、気が利くじゃねえか」

羅はその缶を握り潰《つぶ》すように受け取ると、すぐさまプルトップを引いた。激しく上下する彼の喉《のど》を眺めながら、新田はボトルの烏龍茶《ウーロンちゃ》を手に取った。

「うん？　お前、飲まねえのかよ」

「ああ。アルコールよりも茶の方が口に合う」

「ふうん、珍しい奴だな」

「勤務中に酒を飲む刑事の方が珍しい」

新田は少し頬《ほお》を緩ませながら喉を潤した。

「何がおかしいんだよ？」

「ご忠告をくれるなど、あんた、結構優しい男なんだと思ってね」

「ふん、優しいなんざ、警官にとっちゃあ褒め言葉でも何でもねえよ」

ちっ、と羅が大きく舌を打った。

この地の男は往々にしてこんな反応を見せる。疑問詞や感嘆詞が露骨なのだ。羅刑事はいささか極端過ぎるが、劉巨明《ラウゴイミン》もその傾向が強かった。これを「素直な表現」ととらえるまでに、新田は随分と時間がかかった。もちろん、今でも馴染《なじ》んではいない。

そう言えば、新田は陳《チャン》の舌打ちは聞いたことがないな――新田はふとそんなことを思う。

「それで、何を訊きたいんだ？　劉巨明のことか」と、羅《ロー》が言った。

「ああ。捜査はどこまで進んでいる？」

「詳しくは知らねえよ。今朝発見されたんだぜ。それほど進んじゃいねえ。おまけに、あの事件の所轄は尖沙咀《チムサアチョイ》だからな。オレは旺角《モンコック》の刑事だ」

「だが、仲間はいる。巨明の事件を陳にリークしたのはあんただろう」

新田は羅を睨みつけた。羅は、「さあね」と受け流す。

「あんた、分かっているだろう。こうやって俺とあんたが会見した。俺はそれを陳に報告しなきゃならない。それを承知の上でここにやって来たということは、あんたもそれなりに情報を持っている証拠だ。違うか？　陳を舐《な》めるなよ」

「別に舐めちゃいねえ。嫌っているだけだ」

「嫌う理由を作ったのはあんた自身だろう」

「ちっ、うるせえ」

羅は啤酒《ビール》を一気に飲み干し、向かいのソファーに尻を落下させた。

「聞かせてくれ」

「……何も分からねえんだよ」

「何だと？」

「あの事件に関して、何も情報が入ってこねえんだ。オレも疑問に思っていたところだ。劉巨明が撃たれた。それは知った。だがそれから先、事件を担当している奴らは何故か一切口を開かない」

「職務に忠実な刑事はみなそうだろう」

「ふん、忠実な刑事ばかりだと困るのはどこのどいつだ？　え、お前だろうが。陳の野郎だろうが」

「それは否定しない。警官には真面目《まじめ》な人間もいる。あんたのように金で情報を売る刑事もいる。それも否定しない」

「てめえ！」羅が空き缶を床に叩きつけた。「警官を馬鹿にするなよ。てめえなど、いつでも留置場に放り込めるんだ。それを忘れるな！」

「組織は絡んでいるのか？」

新田は、羅も缶もその場に放ったまま訊《たず》ねる。

「知るか」

「ＯＣＴＢは動いているのか？　組織犯罪課は」

「知らねえよ」

羅《ロー》の返事が即座に返ってきた。新田は再び冷蔵庫に移動し、新しい缶麦酒《ビール》を引き抜いた。

「動いていないのだろうな。巨明《ゴイミン》は単なる足だ。組織が狙《ねら》うにはあまりにも標的が小さ過ぎる」

「お前もそうだぜ。お前みたいなチンケな奴を狙ったところで、組織には何も得はないぜ。なあ、陳《チャン》の野郎の足さんよ」

「俺を罵倒《ばとう》して機嫌が直ったか？」

「口の減らねえ野郎だな」

「床を汚すな」新田は缶を羅に手渡した。「礼を言うよ。何も情報のないまま、あんたがここを訪ねてくれたことを」

「ふん、皮肉か？」

「いや。あんたはこう言いたいのだろう？　つまり、巨明の事件に関して警察は並々ならぬ興味を持っている。所轄が違うとはいえ、同僚のあんたにまったく情報が入らないのだ。恐らく、厳しい緘口令《かんこうれい》が敷かれている。それが分かっただけでも収穫だった」

「オレの勘だが、上の連中、何か企《たくら》んでるぜ。この一件に乗じて何か行動を起こすかもしれねえ。陳の野郎にも言っておけ」

「必ず伝える。あんたの勘とやらをな。ついでに、あんたの借金も考慮するよう伝えておくよ」

「ちっ、余計なお世話だ」と、羅は再びプルトップを引いた。

「任家英《ヤムガーイン》という名前に聞き覚えはあるか？」

「何だって？」

「任家英だ」

羅はじっと天井を見つめながら、何やらぶつぶつ唱えていた。しかし、「いや、知らねえな」と首を横に振った。

「そいつ、何者だ？」

「俺もまだ分からない。もちろん、偽名の可能性もある。似たような名前でもいい。記憶にないか？」

「ないな」

「確かなことは言えない。しかし、この任家英と名乗る人物、巨明の事件に関係しているかもしれない」

「何だと⁉」羅が身を乗り出す。「どこからの情報だ？」

「それは今、教えられない」

「ってことは、出所は陳の野郎じゃねえんだな？」

「違う。だが、既に陳も知っている」

「ちっ、何だよ、つまらねえ。陳の野郎に貸しを作れるかと思ったのによ」

「俺の情報を俺に黙って陳《チャン》に売るのか？　あんた、節操がないな」

「ないね。節操もなけりゃ金もねえ」

「じゃあ何を持っている？」

「これさ。これさえあればいい」

羅《ロー》は黒い手帳を取り出した。彼の唇には会心の笑みが乗っていた。

「あんたに頼み事をするにはどうすればいい？　やはり金か？」

「えらく直球じゃねえか」

「あんたに調べて欲しいことがある。その任家英《ヤムガーイン》という人物の正体。どんな些細《ささい》なことでも構わない。それを知りたい。頼めるか？」

「まあ、できないこともねえがな」

「よし、いくら払えばいい？」

羅はあっという間に二つ目の缶を空にし、「何もいらねえよ」と言った。

「いらない？」

「オレに頼むってことは、陳の野郎には伏せておきたいってことだ。そうだろうが？」

「ああ、否定はしない」

「ただし、条件がある」

「何だ？」

「オレが動くことを絶対に陳の野郎に知らせない。オレがいいと言うまでだ」

「つまり、あんたはそこで得た情報を陳に売るつもりでいるんだな？」

「ふん」

「いいだろう」

新田は苦笑を零《こぼ》した。

羅刑事が警察手帳を開いていた。が、陳に対してそれくらい秘密があるのも面白い。そして、「連絡はこっちにくれ」と喜色満面に告げた。そこに何やら書き殴り、乱暴にその一枚を破り取った。

辛《かろ》うじて判読できる数字が並んでいた。警察から支給されたものではなく、羅自身の携帯電話番号だと思われた。

2

羅朝森《ローチウサム》刑事が去ったあと、新田はそのまま陳小生《チヤンシウサン》のオフィスに残り、完全に陽《ひ》が落ちるのを待った。すぐにでも麗文《ライマン》に電話を入れたかったが、相手も警戒しているだろう。行動を起こすには時間を置いた方がよい、と判断した結果だった。

五コール鳴ったあとで電話は取られた。

「もしもし？」

確かに麗文《ライマン》の声だった。

「今日お邪魔した新田です。まだそこに誰かいるなら、適当に返事を誤魔化してください」

「セールスですか？　結構です」

まだ潜んでいるらしい。新田は抑えた声で、「何人いますか？」と訊ねた。

「いえ、うちはいりません。新聞など一紙あれば十分ですから」

一紙——一人、か。昼に訪ねた際にいた人物だろうか？

「何とか隙《すき》を見て外に出ることはできますか？」

「ですから無理なんです。若くてハンサムな男性販売員でも寄越してもらえば、少しは考えますけれど」

なるほど。やはり見張りは男だったか。そして、若くハンサムであるらしい。大したものだ、麗文という女性は。大丈夫だと目で訴えたのは伊達《だて》ではない。新田は素直に舌を巻いた。

その時、「キャア！」という悲鳴が聞こえた。続いて、「しつこいな、てめえ！」と幼稚な脅しが耳に届いた。潜んでいた男が受話器を奪ったらしかった。

「東方日報《オリエンタルデイリーニュース》の者です。ねえ、お願いしますよ。サービスしますから」

「いらねえって言ってんだろうが！」

電話は切れた。

と同時に、新田は舌打ちを繰り返しながら、彌敦道《ネイザンロード》へ向かって駆け出した。拾った的士《タクシー》の中でもまだ舌を打っていた。羅《ロー》刑事の癖が移ったのかもしれない。

もっと早くに連絡を入れるべきだったか——。

麗文への暴力を心配していたが、今、彼女を見張っている人物はそれを好みそうな男らしい。やはりあの時、無理にでも外に連れ出すべきだったのだ。

とにかく新田は強く願った。電話の若い男が麗文のミスに気付かないことを。

佐敦道《ジョーダンロード》へと右折し、しばらく行ったところで的士を降りた。

辺りを警戒する。怪しい人物は見当たらなかった。新田はさりげなく玄関口を通り、エレベーターで五階に昇った。

通路にも人影がないことを確認して、ケージからゆっくりと出る。そして目指す扉の前まで歩き、軽くドアをノックした。

「……はい、どちら様でしょうか？」

麗文の声が中から聞こえた。

「先程お電話した東方日報の者ですが」

間があった。何やら押し殺した声が微《かす》かに漏れていた。

「あの、結構です。お帰りください」

「そう言わずにお願いします。お話だけでも。五分で結構ですから」

東方日報を名乗った以上、門前払いの可能性も考えたが、「五分だけ」と何度も繰り返しているうちにロックは外され、扉が少し内側に開いた。

その隙間から麗文《ライマン》と視線を交わす。彼女はすぐ右手、つまりは扉の裏側へと意識をやった。そこに男が張りついているということだ。

「有難うございます。本当、五分で済ませます」

新田はそう言いながら、麗文に少し離れるよう合図する。彼女は、「いえ、本当に結構ですから」と一歩下がった。

新田は思い切りドアに体当たりした。

「ギャア！」

壁と扉の間から、文字に書いたような悲鳴があがった。新田は素早く玄関に滑り込み、隙間から男を引っ張り出して倒した。男の脇腹を蹴《け》り上げ、顔面を二度殴った。それだけで男は戦意喪失していた。

「搞錯呀《ガウチョーアー》（この野郎）！　誰だよ、てめえは?」

若い男は目で怯《おび》え、口で粋がった。その態度に似合う派手なアロハシャツを着ていた。

「彼女が言っていただろう？　東方日報の若いハンサムな販売員さ」

そこで初めて、男は麗文の芝居に気が付いたようだった。

いらぬ心配だったか——劉巨明《ラウゴイミン》の家では新聞を一紙も購読していないのだ。

新田は男を引きずり、手前の部屋に放り込んだ。寝室だった。遅れて入って来た麗文の手にはガムテープが握られていた。新田はそれを受け取り、男を後ろ手にしてテープを巻きつけた。

「『一紙あれば』、そこに気付かなかったようですね、この男は」

「彼なら大丈夫だろうと判断しまして」

「昼に潜んでいた男ですか？」

「はい、彼もいました。ですが、指示を与えていたのは別のもう一人の男です。もうここにはいませんが、そちらの男は比較的場慣れしている様子でした」

彼女は無表情のまま答えた。的確で迅速な判断だ。男の腕を固定したあと、今度は足に取りかかる。麗文はやや前屈《まえかが》みになりながら、男を見下ろしていた。

それは一瞬だった――。

グキッと乾いた嫌な音がした。彼女が男の顔面に向けて拳《こぶし》を放ったのだ。殴った麗文の指が折れたのではないか、と新田は心配した。だが、折れたのは男の前歯の方だった。その痛みからか、男は完全に気絶していた。

新田は唖然《あぜん》とした。監禁状態にあった彼女の心情を察すれば、この男を殴りたいのはよく分かる。だがしかし、新田が驚いたのは歯をへし折るほどの彼女の腕力と、もう一つ。暴力に及んだ彼女の顔に、どこか恍惚《こうこつ》感のような輝きがあったことだった。

麗文《ライマン》はまったく表情を変えず、右のてのひらを開いて見せた。そこには小振りの文鎮が乗っていた。ガムテープを取りに行った際、一緒に持って来たのだろう。

「すみません。やり過ぎたでしょうか？」

彼女は文鎮をベッドに放り投げた。

「いや……」と、思わず新田は口ごもる。

彼女はそこで初めて表情を崩した。新田は正面から麗文を眺めた。昼に見た時と同じく、驚くほど肌が凛《りん》と張っている。そして、悲しみのせいではない濡《ぬ》れた瞳があった。

「怪我《けが》はありませんか？」

新田は男の口にもガムテープを巻いて立ち上がった。

「はい。わたしの方は大丈夫です。サトルさんは？」

「いえ、心配なさらず。すみませんが、この男、しばらくここで寝かせておいても構いませんか？」

「はい」麗文は頷く。「どうぞ、リビングの方へ。お茶でも淹《い》れましょう」

「いえ、どこか場所を移した方がいい。ここは危ない」

彼女の表情に少し悲しみの色が見えた。いや、夫を亡くした妻の瞳になっていたと言うべきか。監視から解放され、ようやく夫の死を噛み締めることができた、そういうことかもしれない。

「あなたは強い女性だ」

麗文は何度か瞬《まばた》きし、弱々しく歯を零《こぼ》した。年相応に白さは失われているが、綺麗《きれい》に並んだ歯だった。華奢《きゃしゃ》な彼女の中で、その歯だけはひどく存在感があった。

「わたしはそんな人間ではありません。ただ、わたしはあなたを信用しています。巨明《ゴイミン》があなたを信用していたように」

新田は何も言わず、頭を下げた。

「とにかくここを出ましょう。必要な物を用意してください。しばらく戻って来られないかもしれません」

麗文は従い、素早くボストンバッグを引っ張り出してきた。最低限の服や下着をそこに詰め、通帳や足のつきそうなアドレス帳なども忘れずに入れた。

新田は彼女の様子を眺めながら、寝室で寝転がっている男について考えていた。

「あのアロハの男が、何か有益な情報を握っている可能性はありますか?」

「ありません」と、麗文はきっぱり否定した。「色々な方向から探ってみました。指示を出していたもう一人の男、多分、それなりの経験を踏んでいるのだと思いますが、その男の名前も口にしませんでした。頭は悪いようですが、言われたことだけはちゃんと守るようです」

彼女の手際は見事だった。ものの数分で支度は終わった。こういう事態に日頃から備えていたのだろう。鞄《かばん》は二つ。新田はそのうちの重い方を手に取った。片腕だけは空けておきたかった。

「巨明《ゴイミン》は警察ですか？」

「はい。まだ解剖が済んでいないのでしょうか。連絡はありません」

「連絡さえないのですか？」

「今朝早く身元確認に行ったきり何も」

「そうですか」

新田は首を傾《かし》げた。どうにも暢気な話だった。これは殺人事件である。人が死んでいるのだ。ならば、もっと緊急であってしかるべきではないか——新田は疑問を感じつつ、ざっと室内を見回した。

「とにかく今は出ましょう。忘れ物はありませんね？」

「大丈夫です。あの若い男以外は」

寝室を覗《のぞ》いた。アロハの男はまだ気を失っている。ポケットを探った。むき出しの紙幣二〇〇〇ＨＫドルと携帯電話があった。両方を抜き取った。身元の分かる物は何も持っていないようだった。

「念のため、裏口から行きましょう。ありますか？」

「東側に非常口が」

麗文《ライマン》が示した通り、東の端に設置された非常階段を降りた。通りに目を凝らす。人影はない。路地を迂回《うかい》する形で彌敦道《ネイザンロード》まで出る。そして、的士《タクシー》を拾った。

隣の席で、麗文はずっと首を垂れていた。車の振動に合わせて髪が揺れている。彼女はその髪を気にかけることもなく、膝《ひざ》の上に両手を乗せ、小さな体を更に小さくしていた。

新田は運転手に三〇〇HKドルを手渡した。通常運賃の十倍以上の額だった。つまり、そこには口止め料が含まれている。新田の鋭い表情を見て運転手は一度頷き、口笛を吹き始めた。お客の会話は何も聞いていませんよ、と彼なりに理解を示したということなのだろう。

「例のメモの件ですが――」

新田は切り出した。麗文の肩が少しだけ反応を見せる。

「あのメモは麗文さんも読んだのですね？」

「はい。巨明が皆さんにご迷惑をおかけしました」

「いえ、迷惑がかかったのかどうか、それはまだ分かりません」

「本当に申し訳ありません。皆さんを裏切るような真似《まね》を……」

「巨明に関してはあとで話しましょう。もちろん、事実があの文面通りならば、ということですが」

「事実です。お金が必要だったという点も、裏切るような行動をとっていたという点も」

新田は俯《うつむ》いた彼女を見つめた。深く問いかけることが憚《はばか》られる。が、拒絶する雰囲気は感じられなかった。どこまでも立場を弁《わきま》えた女性だった。

「あのメモは、いつあなたの手元に？」

「今朝、身元確認の時に。現場まで呼び出されました。丁度、巨明《ゴイミン》が担架に乗せられ、運ばれているところでした。わたしは警察の制止を振り切って、強引に巨明に抱きつきました。そして、何か残していないかと下着の中に手を……」

新田は頷いた。それは一つの決まりごとのようなものだった。緊急時には何かを残す。そして、それを下着の中に潜ませる。陳《チャン》の命《めい》にしては珍しく下品な手法ではあった。

「鑑識は現場でさすがに下着の中まで調べませんからね」

「はい。気付かれないよう抜き取ってきました」

「任家英《ヤムガーイン》という人物は何者でしょうか？」

「分かりません。わたしも、あのメモで初めて見た名前なのです」

「では、巨明が口にしたこともなかったのですね？」

「ありません」

「巨明は他に何か持っていませんでしたか？　財布などは既に警察が押収しているでしょうから調べようがありませんが、自宅のどこかに――」

「わたしも探してみました。が、これといって見当たりません。ただ、家の中はあまり探す時間がなかったものですから」

「例の連中がやって来たのですね？　何時頃のことですか？」

「午前十一時頃でしょうか」

「何人ですか？」

「二人です」

「見知った顔はありましたか？」

「ありません。残念ながら」と、彼女は首を振る。

「それで、連中はどうしました？」

「いきなり入って来て、部屋の中を漁《あさ》り始めました。わたしを羽交い絞めにして」

淡々と事も無げに麗文《ライマン》は言った。やや小さな声だったが、その口調には、しっかり事実を述べようとする意思が見受けられた。

「何かを発見した様子でしたか？」

「いえ。見つけていれば、わたしを見張ったりしないでしょうから」

「何を探していたのでしょう？」

「分かりません。こちらから何度か訊ねてみましたが、一切答えませんでした」

「連中と任家英には関係があるのでしょうか？　任家英がその二人に命を下したという可能性は」

「それも分かりません。任家英《ヤムガーイン》の名前は一度も出ませんでしたから」

「そうですか」

麗文《ライマン》はそこで深く頭を下げた。

「サトルさん、すみません。お役に立てず……」

「何を言ってるんですか。こちらこそ、救出が遅れて申し訳なく感じています。明らかに俺の判断ミスです。陳《チャン》に知られると思うとぞっとしますよ」

新田は運転手に細かく指示を出した。追ってくる車両がないか確認しつつ、何度も右折左折を繰り返した。

随分と遠回りをして、尖沙咀《チムサアチョイ》、九龍《ガウロン》公園の南にある文城酒店《マンシンホテル》に到着した。

「安心してください。ここは陳の城みたいなものです。何かあれば守ってくれます。給仕のサービスまでは保証できませんが」

麗文は華奢な首をこくりと下ろした。

フロントへ行き、非常口に近い部屋を頼んだ。三階の部屋がちょうど空いていた。周囲を窺《うかが》いながらエレベーターに滑り込む。その中で、新田は預かっていた封筒を麗文に渡した。

「遅くなりましたが陳からです。ルームサービスも存分に取って、とにかく休んでください」

「本当に申し訳ありません」

「いえ、気になさらず。今は無事を喜びましょう」

麗文は頭を下げ、ひどく緩慢な動作で封筒を手に取った。

「あの、サトルさん――」

「何でしょう?」

「訊《き》かないのですね」

「何をですか?」

「わたしたちが――どうしてお金に困っていたのか」

彼女の頬には、先程までなかった色が滲《にじ》んでいた。朱なのか青なのか判別しかねる複雑な色だった。

3

東の窓にはカーテンがない。寝室と呼ぶには少々薄汚い自宅の一室である。

新田がこのアパートを選んだ理由はたったの二点だった。仕事場に近いという点と、日当たりがよいという点。正確に言うならば、その条件を陳小生《チヤンシウサン》に提出し、彼が探してくれた物件であった。もう一年半も前の話だ。

1LDK。劉巨明《ラウゴイミン》の自宅より生活感がなく、陳《チャン》のオフィスより少しだけ造りがしっかりしている。賃料は適度といったところだろうか。何でも、立地場所が風水的にあまりよくないという話だった。物件に関して風水の占める役割は、新田にはまるで不明である。風水のわりには高いのか安いのか考えたこともない。正直なところ、新田は興味がないのだ。風水にも居住空間にも。

ただ一つのこだわりは、朝日で目を覚ましたい、眩《まばゆ》いばかりの光で目を覚ましたい、ということだった。そのため東側の部屋を寝室にし、備えつけのカーテンは捨てた。昇っていく太陽にジリジリと炙《あぶ》られる。ああ朝だな、そう実感する時が新田の最も好きな時間だった。

真夏の太陽に焼かれながら、新田は翌八月三日の朝を迎えた。

昨晩、麗文《ライマン》を送り届けたあと、新田は、露店商の黄詠東《ウオンウエンドン》から買い戻したプラダを持ち主に返しに行った。上流階級を気取った中年の日本人女性だが、宿泊していたホテルは三流だった。

「あなた、スリとお仲間なんじゃないの？」

彼女に商品の確認を頼むと、そんな皮肉と共に代金が差し出された。こういう文句を垂れる客は少なくない。しかし、新田ら回収側とスリ側にはまったくつながりがない。見知った顔はあるが、ほとんど接触はなかった。

この世界の暗黙のルール。
互いの『足』同士が結託し、露店を飛ばして、盗品を直接持ち主に返すことを防ぐためである。
回収側、スリ側、露店商の三者共存。ルールを犯した者には制裁が待っている。そうし
て消えていった人間を新田も数人知っていた。
電話が鳴ったのは、洗面所で髭《ひげ》を剃《そ》っている最中のことだった。新田は慌てて寝室に戻
った。が、機械音を発しているのは新田の携帯電話ではなかった。昨日、麗文を監視して
いたアロハの若い男から奪ったものだった。パネルに番号は表示されていない。新田は警
戒しつつ、通話ボタンを押した。
無言だった。新田も沈黙で返す。聴覚に集中する。何やら微かに聞こえるようだが、単
なる雑音かもしれない。
「誰だ?」と、新田は攻撃的に訊ねた。
やはり、返ってくるのは無言である。
「あのアロハはようやくお目覚めか?」
電話は切れた。見張りの異変に気付き、探りを入れてきたのだろう。だが、と新田は首
を捻《ひね》る。察知するのがあまりにも遅い。日付が変わってからとはお粗末過ぎる。素人《しろうと》なの
か、抜けているのか、とにかくプロであるならばあるまじき緩慢さだった。

新田はそのまま男の電話を使い、新たに教えられた羅朝森《ローチウサム》刑事の番号を打ち込んだ。

彼はすぐに応答した。が、ひどく眠そうな声だった。

「誰だ？」

「俺だ。新田だ」

「お前か。えらくせっかちだな。まだ何も分かっちゃいねえよ」

「この電話の番号が表示されているな？　契約者が誰か調べてくれ」

「オレが頼まれたのは一つだったぜ」

「二つ目だ。これから更に増える」

「おいおい、オレはいつからお前の足になった？」

「足にはなっていない。パートナーになった」

「ふん、陳《チャン》の野郎の受け売りか？」

羅の皮肉に、新田は声を出して笑った。彼の言う通りだ。陳の口癖そのものだった。

「パートナーってのは便利な言葉だな、え？」

羅も笑う。彼の場合は嘲笑《ちようしよう》だったろう。

「二つ目以降は料金が発生するのか？　必要ならば払おう。もちろん、陳には知らせない
という条件はそのままだ」

「ほう、えらく気前がいいじゃねえか。臨時収入でもあったのか？」

「まあ、そんなところだ」

「次にお前に会うまでに考えておくよ」

「すぐに会うことになる」と、新田は間髪入れずに言った。

「何だと？」

「三つ目だ」

「はあ？」

「俺のアパートは知っているな？　今すぐ俺を迎えに来てくれ。警察車両では来るな」

「てめえ、調子に乗るなよ！　オレを何だと思っていやがる！」

羅の怒鳴り声は電話口から大いにはみ出した。最後の方は、耳障りな割れた雑音にしか聞こえなかった。

「俺は車の運転をしない。そう決めている」

それだけを告げて、新田は電話を切った。羅が何か叫んでいるようだったが、それもあっけなく消えた。

羅刑事がやって来たのは、それからたっぷり一時間後だった。

新田はその間に文城酒店《マンシンホテル》の麗文《ライマン》に電話を入れ、無事を確認した。「元気です」と、彼女は明るく答えた。心配を抱かせない程度の張りが声に戻っていた。

その後はただじっと羅《ロー》からの電話を待っていた。そろそろ彼を諦《あきら》めて的士《タクシー》をつかまえようか、そう思い始めた矢先の到着だった。

新田の要望通り、いわゆるパトカーではなかった。羅の自家用車で、車名は分からないが、新田にも馴染みあるトヨタのセダンだった。所々塗装がはげており、見るからに相当年季が入っている。

羅は散々文句を垂れた。彼の心情からすれば当然の行為であったし、新田もある程度は我慢した。だが、羅は文句を繰り出せば繰り出すほど、更に怒りが増長する性質《たち》で、改めて新田は彼が刑事であることを認識させられた。

「羅刑事、頼むからこの金で黙ってくれ」

そう言って新田が二〇〇〇HKドルを差し出すと、羅は例の「ちっ」という舌打ちと共にそれを受け取り、麻の開襟シャツの胸ポケットに仕舞った。昨日とは違い、紺色のシャツだった。新田が料金を支払うまで文句を言い続ける算段だったのだろうか。とにかく彼はこの一時間の間で、やはり課金することに決めたらしかった。

羅は器用にハンドルを捌《さば》いて彌敦道《ネイザンロード》に入ると、新田の膝めがけてぽんと新聞を投げた。

東方日報《オリエンタルデイリーニュース》だった。

「劉巨明《ラウゴイミン》の記事が出てるぜ。小さいけどよ」

羅の形容はそれでも過大だった。紙面のほんの片隅の、ほんの数行を占める程度の記事だった。

〈八月二日午前四時頃、銃で撃たれた男性の死体が尖沙咀《チムサアチヨイ》で発見された。被害者の男性の身元はまだ分からず――〉

身元は既に判明しているはずである。麗文《ライマン》が確認にも行っている。しかし、劉巨明という名前はどこにも見当たらなかった。たった数行の記事。仔細《しさい》に眺める必要がなかった。

「臭《にお》うな」と、羅が呟《つぶや》いた。

「刑事の勘というやつか」

「そんなもの働かせるまでもねえよ」

「巨明の身元は分かっている」

「圧力がかかってるぜ。あるいは隠蔽《いんぺい》か」

「同感だ」新田は頷く。「誰の差し金だ?」

「上の連中だろうな。昨日お前と会ったあと、オレはまた仲間を当たってみた。だが、結果はやはり同じだったよ。捜査に関わっている奴らはみな、同じように黙り込んでいやがる。それとなく鎌《かま》をかけてもあっさりかわしやがる。上の連中が、きな臭い指示を与えているのは間違いない」

「確認するが、巨明《ゴイミン》は射殺されたのだな？　これは事件なのだな？」

「ああ、それは確かだ。殺人だ」

「どうして警察は事件を伏せようとする？　大物でも絡んでいるのか？」

新田は羅《ロー》に断ってからタバコに火を点けた。彼にも勧めたが、「いらねえよ」という素っ気ない返事が返ってきた。

「身内のことを悪く言いたくないが、俺も巨明も大した人物じゃない。死んだところで警察は気にもかけないだろう。あんたは俺たちのことを『チンケ』と表現していたな。まさにその通りだ。ありのままの事実を記事にしたところで、何も害はないはずだ。なのに何故、あんたらは緘口令を敷く？」

「あんたらってのは頂けないぜ。オレが命じた訳じゃねえ」

羅は車内に流れ始めた紫煙を片手で払い、「煙は外に出せ」と助手席の窓を下ろした。途端に熱く湿った外気が入り込む。今日もまた胸が悪くなるほどの暑さだった。

「あんたは金で情報を売る悪徳警官だ。しかし、俺はあんたが有能な警官だとも思っている。あんたの率直な意見を聞かせてくれ」

「お前、貶《けな》しているのか褒めているのかどっちなんだ」

「どちらもだ」

「ちっ」羅は複雑な表情を浮かべた。「この事件に大物が絡んでいるとは思えねえな。劉《ラウ》巨明程度じゃあ、どう見ても小物だ。殺されたのが陳《チャン》の野郎なら、その可能性は大いにあるぜ。あの野郎は想像もつかねえほど情報を握っているからな。おい、陳が新聞社に圧力をかけたってことは考えられねえのか？」

「どんな理由で？」

車は、南下する彌敦道《ネイザンロード》から碧街《ピットストリート》へ向かった。

「そうだな、お前らはモグリだ。非合法の商売で稼いでいる。存在が公《おおやけ》になると困った状況になるだろうが。だから劉巨明の名も伏せた」

「巨明は死んでいる。口を割ることは絶対にない。巨明の名前が出ようが出まいが、陳からすれば何の不都合もない。仮に他の仲間から捜査の手が伸びたとしても、陳は『知らない』と言い通す。あるいは陳ならば、その仲間をあっさりと切り捨てるかもしれない。それができる男だ」

「ああ。あの野郎なら表情一つ変えずにやってのける」

「俺も初めは、陳が新聞社に圧力を、と思った。しかしよく考えれば、圧力をかけようとするならばもっと上、警察に対しての方が効果はあるだろう。余計な捜査はするな、巨明は死んだ、そこまでに留《とど》めておけ、そんな警告だ」

「おい、陳の野郎はそれだけのネタを握っていやがるのか？　その警告が通用するほどのネタを持っていやがるのか？　上の連中の弱みを——」

「知らない。陳《チャン》の情報網がどこまで延びているのか誰も知らない」

「ちっ」羅《ロー》がハンドルを軽く叩いた。「オレはそっちのネタが欲しいぜ。そうしたら、上の連中に泡を吹かせてやるんだがな。給料アップも一緒に要求してやるか」

「あんた、それほど虐《しいた》げられているのか？」

「お前、刑事の給料がいくらだと思ってる？」

「そこそこもらっているんじゃないのか。以前はかなり低かったようだが、そのせいで不正が横行したため、額を上げたと聞いている」

「ふん。そりゃ、いつの話だよ？」羅が呆《あき》れたように言った。「確かにそんな時代もあった。黒い連中と警察が結託していた時代がな」

「だから、そのために廉政公署《れんせいこうしょ》が作られたのだろう？」

「ほう、よく知ってるじゃねえか」

廉政公署とは、簡単に言ってしまえば、公職に就く者の汚職に対する捜査機関のことである。発足したのは返還よりも遥《はる》か前、一九七〇年代の初め頃だったと新田は記憶している。

羅が言うように、それまで警察官、あるいは警察組織単位での汚職は日常のごとく横行していた。それが当たり前だという空気すらあったようである。そこで、これら警察の汚職を取り締まるため、独立した組織として廉政公署は設置された。現在では警察組織だけに留まらず、広く公職に関する汚職捜査に当たっている。日本に置き換えるならば、検察庁の特捜と性質は近いだろうか。

「そんなもの、今からもう四十年も前の話だぜ」と、羅は鼻を鳴らす。「警察組織の浄化だって？　笑わせるな。廉政公署を作ろうが、警官の給料を上げようが、そんなもの大した意味はないんだよ。それでも黒いつながりを持とうとする奴はいくらでもいるさ」

「例えば、あんたみたいに？」

「言ってくれるじゃねえか」

「それほど警官の給料は低いのか」

「ふん、満足していたら、陳の野郎の世話になどなっちゃいねえよ」

「それはあんたが悪いのだろう。あんたの泣き所はギャンブルか？」

「違う」

それだけを言うと、羅はふと黙り込んだ。新田が初めて目にする、彼の刑事らしからぬ神妙な眼差《まなざ》しだった。

「着いたぜ。ここに何があるんだ？」

やや急ブレーキ気味に車が止まった。

「許志倫《ホイギーロン》という男のアパートだ」

「許志倫？」羅が眉根《まゆね》を寄せた。

「ああ、葬儀屋をやっている」

「おい、待てよ。あのロバ顔の男か?」

「何だ、あんた知っているのか?」

「ああ。昔、行きがかりで調べたことがある。どうにもきな臭い野郎だった。おい、あの男がこの事件に関係してるってのか?」

「まだ分からない。それを調べに行く」

車から降りると、新田はその場で立ち止まった。「どうした?」と、羅《ロー》が声をかけてくる。

「羅刑事、あんた今、許志倫《ホイザーロン》を調べたと言ったな? あの男は過去に何かやらかしているのか?」

羅が苦々しく目を細めた。あまり芳《かんば》しくない記憶のようだった。

「何をやらかしたかって? ふん、陳《チャン》の野郎に歯を折られるようなことさ」

「陳? あれは陳が折ったのか!」と、新田は声を張り上げた。

「何だよ、お前、知らなかったのかよ」

「ああ、初めて聞いた」

「油断するなよ」羅は奇妙に唇を歪める。「あのロバ顔は常に何か企んでいるような男だ。昔、陳の野郎との間に何があったのか、オレは色々と調べたことがある。だが結局のところ、明確には分からなかった。ただ一つ言えるのは、あの男、陳の野郎に何かしら因縁《いんねん》を持ってるってことだ」

4

許志倫《ホイヂーロン》の自宅アパートは、碧街《ビットストリート》の西の突き当たりにあった。

男人街《ナムヤンガイ》で許から渡された名刺には、葬儀屋の住所と携帯電話番号だけが記されていた。そのため、新田は陳小生《チャンシウサン》のオフィスでこっそり調べたのだった。仲間や関係者のリスト、あるいは、許からの請求書や領収書はないか。

当然、見つけられなかった。そんなものを陳がオフィスに放っておくはずがない。しかし、物件の契約資料が書棚の一角に並んでいた。今まで気にも留めなかった書棚だ。その中に、許のものらしき契約書もあった。日付は今年の二月になっている。新田はそっと契約書を盗み読み、そこに書かれた住所を記憶した。そして、陳に気付かれないよう、また元に戻しておいた。昨日、羅朝森《ローチウサム》刑事がオフィスを去ったあとのことだった。

ざっと見たところ、十階まではなさそうな高さで、比較的新しい水色の建物だった。珍しく各戸にバルコニーが設置されている。決してベランダとまでは呼べない代物であるが、それだけでこの密集地帯の中ではひどく浮いた存在だった。

香港のアパートには基本的にベランダがない。みな窓から空中に竿を出し、そこに洗濯物を干す。その生活習慣に新田はなかなか慣れず、通りまで落ちた洗濯物を拾いに行ったことも一度や二度ではなかった。そんな間の抜けたことをしているのはどうやら新田だけのようで、通りからアパートを見上げる度、この地の人間はどれほど強力なクリップを使っているのだろう、と疑問に思ったものである。それ以降、新田は室内で干すことを選択した。強力なクリップも、どこで買えるのか分からないままだった。

新田はアパートの玄関ロビーに入り、そこに並んだメールボックスをざっと眺めた。

「何号室だ？」

背後から羅朝森《ローチウサム》刑事が訊ねた。

「二〇五だ。あんた、過去に許志倫《ホイヂーロン》のことを調べたんじゃないのか？」

「引っ越したらしいな。昔と住所が違う」

羅はそう言ったきり、許志倫、あるいは陳小生《チヤンシウサン》の「昔」について、一言も喋《しゃべ》らなかった。

自分で調べろよ、その一点張りだった。

「羅刑事、この先はオートロックだ」

「それがどうした」

「手帳の出番ってことだ」

「おい、刑事に不法侵入させようってのか？」

「そのための警察手帳じゃなかったか？」

「ふざけるな！」羅が新田の胸倉を捻り上げた。「足に使われた挙句に不法侵入しろだ？　てめえ、本当に留置場に放り込むぞ！」

「借金を棒引きにしてやる」と、新田は淡々と告げた。

「何？」

「俺が陳にかけ合う。それならば俺に従う気になるか？」

羅の拳が少し緩んだ。新田はジーンズの尻ポケットから携帯電話を取り出し、陳を呼び出した。三コールもしないうちに、「早晨《ゾウサン》（お早う）、サトル」という陳の明るい声が聞こえた。

「今、大丈夫か？」

「うん、少しなら。確か、今日の午前中にオフィスで会う約束だったね？」

「その予定だ。だが、忙しそうだな」

「そうなんだ。まだ手が空かないんだよ。悪いけれど、少し延期してくれないか」

「ああ、別に構わない。それよりも、あんたに頼みがある」

「ん、その確認の電話じゃなかったのかい？」

「別件だ」

新田の視線は変わらず羅に注がれている。羅は複雑な目をしていた。怒りと期待、といったところか。どちらが大きいのか、まだ判断はできなかった。

「羅《ロー》刑事の借金はいくらだ？」

「何だい、藪《やぶ》から棒に」

「いくらだ？」

「結構な額だよ。二十万ＨＫドルはあるね」

「彼は、劉巨明《ラウゴイミン》の事件に関して協力を惜しまないと言ってくれている。だから、俺もいくつか彼に仕事を頼んだ。その見返りに、彼の借金を棒引きにしてやってくれないか。額に見合った分は必ず動いてもらう。俺が絶対にそうさせる」

再び、羅の腕に力が漲《みなぎ》った。目を血走らせている。怒りが勝ったようだった。無理もない。陳《チャン》に行動を伏せておく、その約束を新田は破ったのだから。しかし、それなしに陳との交渉手段が見出《みいだ》せなかった。

「サトルの頼みだから、よい返事をしてあげたいんだけど……」

新田は送話口を指で塞《ふさ》ぎ、羅に向かって、「決断しろ」と迫った。

羅はしばらく拳を握り続け、ふっと腕を垂らした。

「好きにしろ」

それが彼の返事だった。

「全額は難しいな、やっぱり」と、陳が言った。

「俺の顔を潰すことになってもか？」

「そういう言い方は好きじゃない」陳の声がいささか尖《とが》る。「それにサトル、ちゃんと報告してくれないと駄目じゃないか」

「え？」

「麗文《ライマン》のことさ。文城酒店《マンシンホテル》へ移したんだろう？」

驚いた。そして、瞬時にいくつかの言い訳を飲み込んだ。失態だ。だが、もう開き直るしかない。そうすることでしか動揺を隠せなかった。

「そうだ。危険を感じたからな」

「ふうん。まあ、それに関しては礼を言っておくよ。でも――」

「分かった。報告を怠ったのは俺のミスだ」

「うん、サトルのミスだよ」

沈黙が流れた。新田の額に汗が浮き始めていた。それは決して八月の太陽のせいではなかった。

「条件をつけよう」と、陳が言った。「麗文の護衛も羅刑事に頼もう。それなら考えてやってもいいよ」

「いいだろう。俺が必ずそうさせる」

麗文の件はまだ羅に話していない。また一悶着《ひともんちゃく》起こるのは間違いなかった。

「サトル、言っておくけど、あくまでも麗文《ライマン》の身を守る、それだけだよ。そこから先、麗文を通して僕らに首を突っ込もうとしたら、この話は終わりだ。借金返済だけじゃすまないからね」

あの夜の光景が新田の頭に浮かんだ。駆け出す巨明《ゴイミン》の上空に向けて、陳《チャン》が弾丸を放ったあの夜。羅《ロー》の行動次第では、陳の制裁は新田にまで及ぶだろう。

「ああ、よく分かっている」

新田は言葉を噛み締めた。

「うん、だったらいいよ。まあ、羅刑事には昔、ちょっと迷惑をかけたこともあるからね。ずっと気にはしていたんだ」

陳が意外なことを口走った。

「あんたが？」

「昔、彼の手柄を奪ったことがあるんだよ。意図的じゃなくて、結果的にそうなってしまったってことなんだけど。彼はそのことについて一切知らない。だから、喋らないでくれよ。サトルが僕に麗文のことを話さなかったようにね」

陳は軽い皮肉のつもりだったろうが、新田の背筋には冷たいものが流れていた。

「じゃあ、また連絡を入れるよ」

他愛《たわい》ない世間話が終わったといった感じで、陳は電話を切った。新田はしばらく、通話が切れていることに気付かなかった。

「おい、どうした？」

　羅の声に、はっと我に返る。

「大丈夫だ。借金は帳消しになる。少なくとも減額はされる。だが、陳を怒らせてしまった」

「はあ？　どういうことだ」

「いや、もういい」

　新田は携帯電話をポケットに片付け、覚束《おぼつか》ない手つきでタバコを咥《くわ》えた。ライターはなかなか点火しなかった。

　玄関ロビーの小部屋に詰めていた管理人を呼び出した。羅が手帳を見せると、気のよさそうな初老の管理人は、すぐに暗証番号を押して扉を開けてくれた。管理人に与えられている四つの万能の数字。新田は視界の隅で、それらをしっかりと記憶した。

　エレベーターを使わず階段を選んだ。それが功を奏したのか、あるいは不運だったのか、見知った顔が下りて来るところとぶつかった。

　許志倫《ホイヂーロン》ではない。だが、許と同じく歯の欠けた男だった。昨日、新田が叩きのめした若いアロハ、麗文に文鎮の拳で前歯を折られた男。昨日とは色違いのアロハ姿であった。

「てめえ！」男が大声を張り上げた。「昨日はよくもやってくれたな！」

「何をやったんだ、お前？」と、羅《ロー》が楽しそうに笑った。

「新聞の訪問販売だ」

男がくるりと反転し駆け出した。相手が二人と踏んで逃走を選んだようだ。男は何をするにも、とりあえず枠がらないと始まらないらしい。逃げる背中を追いかける。若いだけあって、男の瞬発力は相当なものだった。

背後から羅の足音が聞こえない。振り返ると、羅は薄笑いを見せつつ大声で、「駆けっこは頼まれちゃいないぜ」と言った。楽な方に回りやがって！　内心毒づきながら、新田は懸命に男を追った。

男は、二階の通路の突き当たりにある非常口へと飛び込んだ。ガシャンと派手な音が響き、その向こう側へ姿を消した。遅れて新田も駆け込む。が、男の影は既になかった。非常階段の手すりにもたれ、呼吸を整えた。そして、ゆっくりと階段を下りた。

裏通りに出たらしかった。玄関口のある碧街《ピットストリート》まで戻ると、「放しやがれ！」という可《か》愛《わい》い悲鳴が耳に届いた。男を羽交い絞めにした羅が待っていた。

「車の運転ができねえのなら、せめて早く走れ。じゃなきゃ追跡なんて無理だぜ」

羅は愉快そうだった。新田を馬鹿にすることが楽しいのか、あるいはチンピラを痛めつけることが楽しいのか。いや、多分両方だろう。羅は肩を小刻みに震わせて笑いを嚙んでいた。

「新聞の訪問販売に脚力はいらない」

「はあ？　この状況じゃ何を言ったって格好つかねえよ」

「あんたの言う通りだ。礼を言う」

「何なんだ、このガキは？」

「今から説明する」

　新田はそう言って、駐車してあるトヨタの助手席に乗り込んだ。羅は男を立たせ、乱暴に後部座席に放り込み、自らもその隣に腰を下ろした。

　新田は昨日の出来事を話して聞かせた。だが、アロハの男の耳を考慮し、麗文《ライマン》を文城酒店《マンシンホテル》に隠していること、彼女から巨明《ゴイミン》が書き残したメモを手渡されたこと、そして、任家英《ヤムガーイン》の名前だけは口に出さなかった。

「ふうん、こいつが巨明の奥さんを監禁していたのか？」

「ああ」

「だから、新聞の訪問販売を装って助けに入った訳か。それを信じたってか」羅はニヤニヤと唇を歪める。「このガキ、相当な馬鹿だな」

　羅が警察手帳を見せて以来、男はじっと黙り続けていた。そうして俯いている姿は、どこにでもいる学生のようだった。麗文はこの若者をハンサムと形容した。確かにこうしてじっくり眺めると、甘い顔立ちをしている。巨明とは似ても似つかないが、麗文はこういう顔がタイプなのだろうか、ふとそんな余計なことを思う。

新田は尻ポケットから携帯電話を取り出し、男に返してやった。

「契約者を調べるって件はもうなしだな。こいつから直接聞けばいい」と、羅《ロー》が言った。

男が上目遣いにぶつぶつと口を動かしていた。

「……金は？　おれの金を盗んだろう」

「返して欲しければ、隣の刑事さんに頼むことだ」

「おい、ちょっと待て」と、羅は眉根《まゆね》を寄せる。「さっきの金はこいつから奪ったものなのか？」

「そうだ」

「てめえ、どんな神経していやがる？　盗んだ金でオレを雇ったのか！」

「汚い金は結局のところ汚い場所を好むのさ」

頬に拳が飛んできた。寸前に首を引いたことと、羅が後部座席から無理な体勢で殴ったことで、頑強な拳は新田の唇の端を切る程度に留まった。許《ホイ》やこのアロハと同じように、危うく新田も歯を欠くところだった。

「てめえ、自分が身奇麗だとでも思ってるのかよ？　自惚《うぬぼ》れるな！」

「だったらこの男に返すか？　そして、この仕事を降りるか？」

口角が熱を持っていた。触れると血が流れていた。新田は乱暴に手で拭《ぬぐ》い、じっと羅を睨んだ。羅はじりじりと焼けるような視線で対抗したあと、何故かその矛先を隣の男に向けた。

「てめえが馬鹿だからだろうが！　簡単にのされやがって」

羅が男の頬を殴った。訳の分からない論理に苦笑した。男からしてみれば、とばっちりもいいところだった。

「許志倫《ヂーロン》を知っているな？」と、新田は男に訊ねた。

「誰だよ？」

「同じアパートにいたんだ。知らないとは言わせない」

「そんなやつ知らねえよ」と、男は否定する。

「歯の抜けたロバみたいな顔をした男だ」

新田は補足し、男の目を覗き込む。しかし、不思議なほど何も反応がなかった。

「こいつ、何も知らねえみたいだぜ」と、羅が嘲《あざけ》るように言った。

「あんた、麗文《ライマン》を見張っていたな？　誰の指示だ？」

男はまた口を噤《つぐ》んだ。

「あんた、どうしてこのアパートにいた？」

「……住んでるからだよ」と、男が小さな声で答えた。

「伏せろ！」

突然、羅《ロー》の大声が車内を震わせた。羅の視線を追い、フロントウィンドウを見ると、目の前に一台の車の尻が迫っていた。猛スピードでバックしてきたのは明らかだった。

衝撃が全身を突き抜けた。爆発したかのようだった。

両手で頭を抱え込んだが、そのままダッシュボードに叩きつけられた。エアバッグなど装備されていないらしい。フロントガラスの砕ける音が聞こえた。

新田の意識は朦朧《もうろう》としていた。軽い脳震盪《のうしんとう》を起こしているかもしれない。

またか――瞬間、そんな言葉が脳裏を過《よ》ぎった。

あの時もこんな風に意識が飛びそうになったのだ――運転席で。

目を開けようとした。状況を確認しようとした。が、瞼《まぶた》が動いてくれなかった。体が、いや、記憶がそれを拒否していた。

目を開けると、そこには彼女がいるかもしれない、血に塗《まみ》れた彼女の姿が――。

まずい傾向だった。封じ込めていたはずの記憶が顔を覗かせ始めていた。これまでに幾度も経験したことではあったが、これほど強いのは久しぶりだった。

こんな場合、どうすればよかったのか――。

それを遮断する術《すべ》は身につけたはずだ。この地にやって来て以来、懸命に体得したはずなのだ。しかし、その順序や手段がまるで思い出せなかった。

このまま行き着く先は――一年半前の自分だ。

あの頃に戻る訳にはいかない。記憶に吸い込まれながら生きていたあの頃には。そう言えば、あの時の自分を「死人」と評した人間がいたな。あれは誰だったか。

意識は辛うじてこち側で留まっているらしい。新田の頭には、ある男の影が浮かび始めていた。

陳小生《チヤンシウサン》であった。

陳の童顔が鮮明になり出した時、新田は素直にほっとした。陳からの命令を守ることができた。そう——陳に初めて頬を殴られた日、彼は言ったのだ。「酷《ひど》い状況になりそうだったら、僕を思い出せばいい」と。

大丈夫だ——これで、陳という支えを失わずに済む。

激しく頬をぶたれていた。遠くから声が聞こえる。男の声だ。陳だろうか？

「しっかりしろ！」

半ば強引に瞼が開かれた。うっすらと視界に光が入る。そこには、陳とはまた異なった鋭い双眸があった。羅刑事だと理解するまで、新田は何度か瞬きを繰り返した。

「ああ……大丈夫だ」

何とか搾り出した。

そう、大丈夫だ——目の前に血塗れの彼女はいない。

「くそったれ！　このガキのお仲間か。馬鹿者の次は乱暴者かよ！」羅が怒鳴り散らしていた。「おい、起きろ。あの車を追いかけるぜ!」

新田は上体を起こし、風通しのよくなったフロントウィンドウを覗き見た。衝突してきた車は尻を振りながら、碧街《ピットストリート》を東へ向けて走り出していた。

いつの間にか、羅《ロー》が運転席に移動していた。懸命にイグニッションキーを回している。

「くそったれ！　エンジンがかからねえぞ！　日本車は頑丈じゃなかったのかよ、え？」

「早くしろ。逃げられる」

「日本人のお前が何とかしろ！　運転を代われ。このトヨタを動かせ！」

「俺は運転しないと言ったはずだ。あんたがしてくれ」

「はあ？　何を暢気なこと言ってやがる」

羅は何度もハンドルを叩いていた。が、トヨタはまったく動かなかった。後部座席で気を失っているアロハの男と同じで、ひどく静かだった。

二〇一〇年　冬　羅朝森《ローチウサム》

1

羅朝森《ローチウサム》はくたびれたジャケットを脇に抱え、缶啤酒《ビール》を片手に砵蘭街《ポートランドストリート》を歩いていた。

午後九時を過ぎようという時刻だった。日中よりも気温は下がっているが、上着を羽織る気にはなれなかった。夕食を終えた地元の者と、買い物を終えた観光客とで通りは溢《あふ》れ返っている。その熱気で体は十分に温められていたし、何より羅は怒りで全身が火照《ほて》ってもいた。

――あの野郎、殴り飛ばしてやる。

三十分ほど前、陳小生《チヤンシウサン》のオフィスを訪ねた。金を借りるつもりだった。既に借金は嵩《かさ》んでいる。無理だと分かっていた。だが、羅の足はそちらへ向かった。他に当てがないのではない。裏社会の連中ならば、両手で足りないほど知っている。しかし、情報を担保に金を貸し、なおかつ、辛《かろ》うじて刑事のプライドを維持できる相手は陳以外になかった。

「羅《ロー》刑事、一体どうしてお金が必要なんだい？」と、陳《チャン》が言った。

「てめえと違って、オレは表の人間だからな。裏で稼ぐことができねえんだよ」

「表でちゃんと稼いでいる人間もいるだろう」

「知らねえな。オレはそんな奴に出会ったことがない」

「羅刑事」陳が一つ息を吐《つ》いた。「僕は何も貸さないと言ってる訳じゃないよ。担保という形だけれど、僕はいくつも有益な情報を君からもらった。だから、君の置かれた状況によっては助けてあげられないこともない。ねえ、君は借りたお金を何に使っているんだろうか？」

答えられるはずがなかった。いや、絶対に答えたくなかった。その理由を口にすれば、この偽善者は必ず説教を垂れるし、羅自身に残っている僅《わず》かな刑事の尊厳も、そこで崩れ落ちるのは目に見えていた。表の刑事が裏の人間にたしなめられるなど、あってはならないことだった。

陳の穏やかな目が猛烈に腹立たしい。温厚を装った童顔が不快極まりない。羅は「うるせえ」と吐き捨て、オフィスの扉に手をかけた。

「それはないだろう、羅刑事」と、陳は呆《あき》れていた。「僕は忙しい中、君に時間を割いたんだよ。その態度はないんじゃないかな」

「ちっ、手間を取らせて悪かったよ。これで満足か？」

「僕はね、君が思っているよりもずっと忙しいんだ。今は特に慌ただしい。やらなきゃならないことが山のようにある」

「ふん、相変わらずの守銭奴だな。どれだけ稼ぎたいんだ、てめえは」

陳は座っていたソファーから立ち上がると、冷めた笑みを浮かべて見せた。どうやら怒りを押し殺しているらしかった。

「つい先日、仲間の家族に不幸があった。彼らは一人娘を亡くしたんだ。まだ十五歳だった。羅刑事、これ以上つまらない口を利くと、僕は君をどうするか分からないよ。もう帰ってくれないか」

陳はそう言って、またソファーにゆっくりと腰を下ろした。

羅は一つ溜息《ためいき》を残してオフィスを出た。何とも後味の悪い会見だった。

その苦味をすり替えるかのように、羅は啤酒《ビール》を喉《のど》に流し込んだ。

——一人娘か。

そんな言葉が思わず漏れる。

羅は自分の娘を想《おも》った。離婚したのはもう半年前のことになる。娘は母親を選んだ。十二歳。娘は自らの意思で決断できる年齢になっていた。いや、決断も何も、別れる前から娘は父親に愛想を尽かしていた。仕事ばかりで、ろくに家に帰りもしない父親。たまに帰宅しても、風呂に入って眠るだけの生活だった。娘だけでなく、嫁ともほとんど顔を合わせなかった。

娘が母親について行ったのは当然の成り行きだったのだ。

——刑事のくせに、わたしのことは守ってくれないんだね。

目を合わせず、背中越しに語った娘の言葉がまだ耳に残っている。それが、娘の最後の台詞《せりふ》だった。

嫁は娘の肩をきつく抱き、「この子を転校させます」と小さな声で告げた。名の知れた私立の学校だった。

結果、嫁からは多額の養育費を請求された。羅《ロー》の給料を知った上での無茶な要求額だった。

——ふん、やられたらやり返してやりゃいい。ガキ同士の悪戯《いたずら》や喧嘩《けんか》ごときで何が転校だ。

独り身になってからしばらくの間、羅はずっとそう思っていた。

だが——それは大きな間違いだった。

脇に挟んだジャケットが地面に滑り落ちた。拾い上げると、襟首が汗でひどく黄ばんでいるのに気付いた。その染みが妙にみすぼらしく、また情けなかった。羅は、傍らのゴミ箱にジャケットを投げ捨てた。そして、まだ半分ほど残っていた缶啤酒《ビール》をぐしゃりと握り潰《つぶ》した。

携帯電話が鳴ったのはその時である。反射的に応答すると、部下の大声が届いた。

「羅刑事、現れました！」

「よし、そのまま見張ってろ。オレが行くまで手を出すな！」

羅は人込みの中を駆け出した。白いワイシャツ姿は羅だけだった。部下が張っている花園街《ファユエンストリート》まで、彌敦道《ネイザンロード》を横断し、女人街《レディースマーケット》を越えればすぐそこである。いくつもの肩を突き飛ばし、報告を受けつつ、部下に指示を与え、羅は薄汚いビルの二階の一室に辿《たど》り着いた。

斜向《はすむ》かいに、こちらと驚くほど似た建物がある。羅は双眼鏡を手に覗《のぞ》き込んだ。

——あの野郎だ。間違いない。

羅が追っている男は、李伊朋《レイイーパン》という麻薬の売人だった。眉毛が薄く、いかにも悪人といった面をしている。だが李伊朋はなかなかの変わり者で、珍しく組織に属さず、単独で伸《の》し上がってきた男だった。それだけに、情報収集と保身に長《た》けているのか尻尾《しっぽ》をつかませず、捜査陣は幾度か煮え湯を飲まされた。そしてその分だけ、彼の名前は広く知れ渡り始めてもいた。

羅は李伊朋を泳がせていた。取引現場を押さえ、彼の取引相手、仕入れ先も含めて一網打尽にする計画だった。

準備に余念はない。必要な人員も確保した。その他抜かりはないか連日チェックした

——はずだった。

しかし三週間ほど前、李伊朋《レイイーパン》の姿を見失った。突然、ぱたりと消えた。どこに身を潜めたのかまるで分からなかった。気付かれたか？　捜査陣に焦りと後悔の色が滲《にじ》み始めた。が、そんな中、ぽっと光が点《とも》ったように情報が舞い込んだ。羅《ロー》が使っている情報屋からのタレ込みだった。

近々、李伊朋が花園街《ファユエンストリート》で取引を始める——捜査陣は沸き立った。そして、実際に彼の姿を双眼鏡のレンズにとらえたのが、張り込んでから三日目の今日のことだった。

「よし、確認した。みんな配置につけ！」

部下が一斉に向かいのビルへと飛び出して行く。羅は待機し、相手の動きを確認しながら部下に逐一指示を送った。

李伊朋は一階の通路を南へ歩きつつ、周囲に警戒の目を配っていた。突き当たりまで行くと、また通路を引き返す。それから二階へ階段を上がった。そして三階へ。そこでも同じ動作を繰り返した。相当な警戒振りだった。

羅は歯を軋《きし》らせながら堪えていた。何としてでも現場を押さえたい。取引相手の到着をじりじりと待った。だが、その影はまだ現れない。

と、彼の元にある男が近寄って行く。斜向かいの建物、三階の通路。その男は羅のよく知っている人物だった。

　――あの野郎、何のつもりだ⁉

　羅の情報屋、薬物中毒の林秋雲《ラムチャウワン》だった。

「男が近づいて来ます！　どうしますか！」と、部下の一人が無線で怒鳴った。

「ああ、見えている」

　あの野郎、こちらに情報を流しておいて、自ら李伊朋に明かすつもりか？　とうとう薬で頭がおかしくなったか！

「二人を捕まえろ！」と、羅は命じた。

　建物のあちこちが弾《はじ》けたように動き出した。李伊朋も瞬時に異変を感じ取っていた。通路の両側から警官たちが挟み打ちを試みる。

　李伊朋は発砲した――警官に向けてではなく、林秋雲の胸を狙《ねら》って。

　林秋雲は背中から崩れ落ちた。

　どよめく捜査陣の隙《すき》を突き、李伊朋は通路から地上に飛び降りた。驚くほど身軽な跳躍、そして柔軟な着地だった。

　あいつ、売人のくせに何て身のこなしだ――。

「救急車を呼べ！　そいつを死なせるな！」

　羅は双眼鏡と無線を放り投げ、自らも部屋から転がり出た。

　李伊朋の姿は花園街の遥《はる》か南の先にあった。追いつけない。最悪の展開だった。

彼は突き当たりの登打士街《ダンダスストリート》を西に折れた。そのまま直進すれば彌敦道《ネイザンロード》だ。人込みに紛れるつもりか、あるいは車で逃走を図るのか。

羅《ロー》も彌敦道に辿り着いた。しかし、李伊朋《レイイーパン》の背中はどこにも見当たらなかった。と突然、耳障りな騒音が鳴り響いた。急発進したらしき車が唸《うな》りを上げて南へ向かっていた。その尻が見る見る遠ざかって行く。重いエンジン音が微《かす》かに遅れて届いた。

――最悪だ。

ナンバープレートは読み取れなかった。羅を嘲笑《あざわら》うかのように遥か先を疾駆していた車は、李伊朋のものではなかった。彼の愛車はメルセデス・ベンツである。だが、羅が目にした尻の形はそれではない。記憶が正しければ、恐らくボルボであろうと思われた。

――ちっ、こんな時に嫌な人物を思い出させてくれる！

陳小生《チャンシウサン》の愛車もボルボだった。

林秋雲《ラムチャウワン》は一命を取り留めた。大仙《タイシン》病院に運び込まれた彼は生死の境を彷徨《さまよ》い、何とかこちら側で踏み止《とど》まることができた。それを可能にしたのは手術を担当した外科医の力である、看護婦の数人から、羅は何度もそう聞かされた。

首の皮一枚つながったか――。

ここで林秋雲まで亡くしていたならば、最悪という言葉でもまだ生易《なまやさ》しい悲惨な状況になっていた。辞職に追い込まれていたかもしれない。

林秋雲は術後の経過も良好で、その二日後の午後、医師から面談の許可が下りた。薬物中毒であることを考慮し、彼は半ば隔離状態にあった。そのせいだろう、病室を担当していたのは、副看護婦長の任に就いているベテラン看護婦だった。

「様子はどんなものだ？」と、羅は訊《たず》ねた。

「今は大人しくしていますよ。安定剤で」

まるまると肥えた副看護婦長は汗をかきながら答えた。十二月の病院内で、半袖《はんそで》のナース姿は彼女だけだった。

「ただ、眠っている時はよくうなされています。それは傷のせいではなくて、薬物による影響が強いでしょうねえ。何やらぶつぶつ、うわ言を呟《つぶや》いている時もありました。幻覚や幻聴が起こっていると思いますね」

「うわ言？」

「ええ。『知らない。本当に知らない男なんだ』、そんなことを何度も」

知らない男、か。李伊朋に関連することだろうか。今回の失態を取り戻せる情報であると助かるのだが――。

「十分だけですよ。あとで先生もお見えになりますから。くれぐれも彼に触れないように。銃に因《よ》るものか分かりませんが、肋骨《ろっこつ》がひどく骨折しています。まだ安静が必要ですからね」

羅《ロー》が目で合図すると、副看護婦長はそう注意を残して去って行った。

林秋雲《ラムチャウワン》はうつろな目をしていた。安定剤の作用だろうか。だが、訪問者が誰であるかはすぐに認識したようだった。羅を見た瞬間、彼の体がびくんと振動した。

「舐《な》めた真似《まね》をしてくれるじゃねえか、え？　林秋雲」

羅はベッドの傍らに腰かけ、上から彼を覗き込んだ。

「あ……あ……」

「よくも台無しにしてくれたな」

林秋雲はゆっくりと視線を逸らす。が、羅はその顎《あご》をつかみ、また真上に向けさせた。

「喋《しゃべ》れねえ訳じゃねえんだろう？　先生からも面談の許可が下りているんだからな。早速聞かせてもらうぜ。てめえ、何故あそこに行った？」

彼の目が激しく震えていた。涙目になっていた。

「まさか、李伊朋《レイイーパン》にばらすのが目的だったんじゃねえだろうな。だったらオレはてめえを許さねえぞ！　おい、答えやがれ！」

林秋雲の口を無理矢理こじ開けた。羅の指が彼の両頬《ほお》を押し潰していた。

「痛っ！　な、何すんだよ！」と、林秋雲が吐き捨てる。

「へっ、なかなか元気そうじゃねえか。あの日、どうして奴に近づいた？」

「知らねえよ！　おれは奴があそこにいるなんて知らなかった！」

「笑わせるな」

羅は彼の傷口に右の親指を押し込んだ。弾丸は彼の左胸と左肩の中間辺りに穴を作っていた。

「ギャア！」

林秋雲はベッドでのた打ち回った。

「気に入ったか？　だったらもっとマッサージしてやるよ。次は肋骨の辺りがいいかもしれんな」

「やめてくれ！　李を逃すつもりだったんだよ！　李に恩を売るつもりだったんだよ！」

「そして、薬を分けてもらおうって算段か？」

「そうだよ！」

「ふん、てめえが流した情報の張本人に、てめえで暴露しようとはな。挙句に奴に弾丸をぶち込まれちゃあ、笑い話にもならねえぞ。口を封じられずによかったな、え？　李伊朋に感謝しなきゃならねえかもな。林秋雲、てめえ、何をやったか分かってんのか！　これまでの捜査がすべて無駄だ。どこまでも落ちやがれ！」

「何をしている⁉」

病室のドアが開いた。そこには顔を髭《ひげ》に覆われた白衣が立っていた。

「あんた、俺の患者に何をしている！」

「こいつが暴れ出したもんでね、ちょっと押さえつけていただけだ」

「あんた、刑事さんだね？　俺は面談の許可は出した。でも、暴力の許可を出した覚えはない。今すぐ病室から出るんだ」

「ちっ、偉ぶってんじゃねえぞ。こっちは二日も待たされたんだ。訊《き》くべきことは訊く。そっちも二日待っていろ」

騒ぎを聞きつけた看護婦が数人、病室に雪崩《なだ》れ込んで来た。副看護婦長の号令の下《もと》、羅《ロー》はあっという間に外に放り出された。彼女の力は体型通りのものだった。

「周賢希《チャウインヘイ》だ。俺が彼の手術を担当した。次からは俺を訪ねて来るんだ」

その名前は、廊下の羅の耳にもはっきりと届いた。

2

その翌日、維多利亜灣《ヴィクトリアハーバー》で李伊朋《レイイーパン》の死体が発見された。香港島の中環《セントラル》、天星小輪《スターフェリー》の埠頭《ふとう》に浮かんでいた。天星小輪の職員からの通報だった。

目立った外傷はないらしく、一見したところ溺死《できし》のようだった。基準値を超えるアルコールも血液から検出されたと言う。酒に酔って海に落ちた、これは事故であろう、鑑識がそう判断を下すには条件が揃《そろ》い過ぎていた。

——事故のはずがない、奴は殺害されたのだ。

羅朝森《ローチウサム》がいくら主張しても遅かった。指揮権は所轄である中環署《セントラル》に移された。

李伊朋は死んだ。事件として捜査が行われるとしても、それは死に対するものであって、決して麻薬に関してではない。つまり、羅は事実上、解任されたも同然であった。最も恐れていた状況に陥った。李伊朋が死亡するなど、これ以上ない大失態である。当然の帰結だった。

部下の幾人かは形式上、中環署へ協力態勢を取ることになった。これまでの資料や情報の受け渡し、あるいは実際、人員として駆り出されもするだろう。しかし、羅に声がかかることはまず有り得ない。

——くそったれ！

旺角署《モンコツク》を出た羅は、じっと前方を睨《にら》みながら彌敦道《ネイザンロード》へと歩いた。部下に合わせる顔がなかった。

羅の周囲では、李伊朋に関する情報の一切が遮断された。それは人為的な壁だった。李伊朋の詳細な検視結果を見ることも、発見現場への立ち入りも禁じられた。加えて、部下にも厳しい緘口《かんこう》令が敷かれたらしかった。あいつには何も話すな、と。

恐らく自分はどこかへ飛ばされる。いや、そのまま刑事職に就きながら、何の事件も担当させないという飼い殺しの状態になるかもしれない――。

羅《ロー》の四方に壁を築いたのは副署長の古友武《グーヤウモウ》である。エリート気取りの陰険な男、常に保身を優先させる信念のない男だった。この副署長から散々罵声《ばせい》を浴びた。捜査ミスに関してならばいくらでも耐えよう。しかし古友武は、「こんな失態を犯しているのでは、女房と娘に逃げられるのも当然だな」というおまけをくれた。殴ってやりたかった。禿《は》げかけたオールバックの髪をつかみ、引きずり回してやろうかと、羅は拳《こぶし》を固く握り締めた。

――こうなったら単独で捜査してやる。上の連中の鼻を明かしてやる。

怒りに侵されつつ、羅は自問自答する。どうすればいい？　残された足掛かりは大仙《タイシン》病院にいる林秋雲《ラムチャウワン》と、あの日に見たボルボらしき車両の尻だけである。

あの周賢希《チャウインヘイ》という医師、なかなか骨のありそうな人物だった。刑事を怒鳴る医者など初めて出会った。一筋縄ではいかないだろう。正面からぶつかれば、余計にこじれるかもしれない。だが、一方のボルボらしき車両はあまりにも頼りない情報、いや、記憶である。となればやはり、不本意だが林秋雲に望みを託すしかない。

羅の足は花園街《ファユエンストリート》へと向かっているようだった。苛立《いらだ》ちと腹立たしさが交互にやってきて、その合間にあの日の失態を後悔する。それを繰り返しているうちに、羅は自らの行動を理解した。自分の両足があの現場、あの建物へ舞い戻ろうとしていることに。

犯人は現場に戻ると言う。失態を演じた刑事だってそれは同じだ。

「羅刑事、どうしたんですか？　恐い顔して」

露店街の中を歩いていると、そんな声が飛んできた。見ると、金髪に染めた坊主頭の黄《ウオン》詠東《ウエンドン》だった。

「陳《チャン》の野郎んとこの坊主か。何の用だ」

「お前こそ相変わらずの口調ですね」と、黄詠東が笑った。

「相変わらず声がでかいんだよ。うるせえんだよ」

「そんな言い方はないでしょう。これでも今日は無理して明るくしてるんですよ。空元気《から》ってやつで」

「無理して？　ふん、何かあったのかよ？」

「ええ、まあ……」と、黄詠東は少し顔を伏せた。

「陳の野郎が死んだか？」

「まさか」黄詠東は肩を竦《すく》めて見せる。「羅刑事、ちょっと訂正しておきますけどね、ぼくは陳さんの下で働いている訳じゃありませんよ。ぼくは露店商ですから」

「偽物を売ってる奴が大層なこと抜かすじゃねえか。お前も陳の野郎も同じだよ」

「また滅茶苦茶なことを」

黄詠東は金髪の頭を無造作に掻《か》いていた。彼は真っ赤な半袖Tシャツ一枚という格好である。まだ陽《ひ》は高いとはいえ、十二月にしては少々ちぐはぐな薄着だった。

「あ、そう言えば」と、黄詠東《ウオンウエンドン》が言った。「数日前の晩、この近くで一騒動あったらしいですね。詳しくは知りませんけど、何か大きな捕り物劇があったって」

「知らねえよ」

羅《ロー》は思わず激しく否定していた。こんなガキ相手に、僅かでも動揺した自分が信じられなかった。李伊朋《レイイーパン》の死が重くのしかかっている証拠だろうか。

「え、もしかして、羅刑事が関わっていたんですか？」

ちっ、勘のいいガキだ――羅は黄詠東を睨みつける。

「そのくだらない噂《うわさ》はどこまで流れている？」

「そうですね、少なくとも女人街《レディースマーケット》の露店一帯は」

「どんな風に？」

「いや、だから銃声があったことと、どうやら麻薬絡みの事件らしいということと……」

どこが出所だ、と考えたが無意味なことだった。噂の発端など分かるはずがなかった。

「麻薬絡みということと、続きは何だ？」と、羅は更に語気を荒らげる。

「……言ったら怒るんでしょう？」

「怒るかどうか試してみろ」

「分かりましたよ」黄詠東がまた肩を竦めた。「警察が容疑者を取り逃したらしいって」

「この野郎！」

羅は、反射的に黄詠東のTシャツの首を捻《ひね》り上げていた。

「ほら、やっぱり怒るんじゃないですか」

と、黄詠東の笑みの向こう、露店の奥に一人の男を見つけた。客ではなさそうだった。男は汚いパイプイスに腰かけ、冷たい目で店の一角をぼんやり眺めている。ジーンズにスタジアムジャンパーという格好であったが、どうにも馴染《なじ》んでいなかった。明らかに借り物であろうと思われた。髪はぼさぼさであり、無精髭も目立つ。しかし、そのわりにはどことなく品を持っていた。この地の者にしては少々異質な印象を与える男だった。

「何だ、あの男は？」

羅は拳を下ろし、話を切り替えた。

「ああ、陳《チャン》さんから頼まれましてね」と、黄詠東も軽く男に視線をやった。

「陳の野郎から？　ふん、ほらみろ。お前と野郎は同じ穴のムジナじゃねえか」

「それはもういいですよ。本当、分からない人だなあ」

「で、何を頼まれた？」

「いや、彼をしばらく預かってくれないかって」

「ここの人間か？」

「いえ、日本人です」

「は？」

「だから、彼は日本人なんですよ」

「まさか、不法滞在じゃねえだろうな」と、羅《ロー》は眉根《まゆね》を寄せる。

「違いますよ。ちゃんとパスポートもビザも持ってます。陳《チャン》さんがそんな人を世話するはずないでしょう」

「名前は？」

「ニッタサトル」

「何者だ？　観光客には見えねえぞ」

「さあ、それはぼくにも分からないんですよね。陳さんも言ってましたよ。『彼のことを僕もまだよく知らないんだ』って」

「だったら、あの野郎が何故その日本人の面倒を見る？」

「何か惹《ひ》かれたんじゃないですか」

「オレにはただの凡人にしか見えねえぞ。おまけに目の焦点もあやふやだ。その日本人、生きてるのか？」

「珍しく羅刑事に同感です」と、黄詠東《ウオンウエンドン》は大袈裟《おおげさ》に頷《うなず》いた。「ぼくもちょっと弱っているんですよ。彼、何かすべてを諦《あきら》めているっていうか、すべての思考を放棄したっていうか……そんな印象がするんですよね」

黄詠東の表現は決して間違いではなかった。羅も、どこかしらそんな雰囲気を感じ取っていたのだった。

「まあ、何となく分かるんです」と、黄詠東が続けた。「どうして陳さんがぼくに彼を預けたか」

「は？」

「彼と会ったのはほんの数日前なんですけどね、陳さん、ぼくに話し相手を探してくれたんだと思いますよ。厳密に言うと、ぼくが一方的に喋り続けることのできる相手っていうか。ほら、彼は広東語《カントン》が分からないでしょ。ぼくもそれほど日本語を話せないし」

「まったく意味が分からねえぞ」

「鈍い人だなあ」黄詠東はまた金髪を掻いた。「要するに、ぼくは今、そういう心境にあるってことですよ。誰かと話していないとおかしくなるっていうか、とても一人ではいられないっていうか。気持ちの整理、いや、安定かな、とにかく話し続けていれば気が紛れるんです。彼はぼくの言っていることが何も理解できない。それが有難かった。彼は黙って聞いてくれていましたから。でも、さすがにちょっと反応も欲しくて、会話がしたいなと思ってた時に、ちょうど羅刑事が通りかかったんで、ぼくは……」

「ますます意味が分からねえ」

「え、本当ですか？」と、黄は目をむいた。「もっと直接的に言わなきゃならないんですか……恥ずかしいな」

羅《ロー》は首を捻った。本当に黄詠東《ウオンウエンドン》が何を言わんとしているのか分からなかった。

「羅刑事は陳《チャン》さんのことを嫌っているようですけどね、陳さんはとても優しい人です。ぼくのことを気遣ってくれているんです」

「あの野郎が優しいだと？　それならオレは左右の目を入れ替えなきゃならねえな。どういうことだ？　はっきり言え」

「さっきも言ったでしょ。ぼくは無理して空元気を保っているんだって」

「確かオレは、何があったと訊いたはずだぜ。返事を濁したのはお前じゃなかったか？」

黄詠東は弱々しく白い歯を零《こぼ》した。そして、深く長く息を吐いたあと、ようやく告げた。

「……病気で死んだんですよ。ぼくの好きだった女の子が……いや、交際していた訳じゃなくて、一方的にぼくが想《おも》っていたんです。彼女がそれに気付いていたかどうか分かりませんが……ぼくは本当に彼女のことが好きだった……まだ学生で、四つも年下の十五歳だったけど、背伸びしている姿がとても可愛くて……ぼくの店にもよく来ていたんです、アルバイトがしたいって……忙しい週末だけは彼女に手伝ってもらって……楽しかったなあ……本当に」

黄詠東は切れ切れに喋った。情けないほど一方的に喋っていた。

そして最後に、彼はぽつりと言った。

「……今日の夜、彼女の、玲玲《レンレン》の葬儀があるんです」

張玲玲《ヂヨン》――黄詠東が想いを寄せていた少女。陳小生《シウサン》が言っていた「仲間の一人娘」と同一人物に違いなかった。

――十五歳か。

羅は尻のポケットに手を入れた。そこには財布に収められた娘の写真がある。四角く区切られた中で、娘はいつも微笑《ほほえ》んでいた。だが、その笑顔はすぐに消え去り、震えた背中が眼前に現れる。

子供同士の悪戯や喧嘩ではなかった。

娘は、一人の教師から過度に目をつけられていた。

――取り戻せるだろうか。写真のような娘の笑顔を。

黄詠東のすすり泣く声が聞こえた。

羅はポケットの中で、思い切り財布を握り締めた。

3

羅朝森《ローチウサム》はその夜、張玲玲《ヂヨンレンレン》の葬儀場に足を運んだ。旺角《モンコック》の北東、旺角道《モンコックロード》の東端にある葬儀場で、豪華でありながら厳粛さも併《あわ》せ持った珍しい式場だった。

もちろん、羅《ロー》は関係者ではない。だから、時間を大幅にずらして訪れた。式場にはもう数人の影しかなかった。羅は入り口の扉付近で、足を踏み入れるべきかどうか迷いながら、しばらく場内を眺めていた。

棺《ひつぎ》の前で泣き崩れる黄詠東《ウオンウエンドン》の金髪がまず目に入った。その横には娘の父親らしき五十絡みの姿がある。数度見かけたことがあるだろうか。引き締まった体軀《たいく》を有した男だった。

「羅刑事、どうして君がここにいるんだ？」

背後から肩を叩かれた。全身を黒で包んだ陳小生《チヤンシウサン》だった。普段のラフな格好からは想像もできないほど、荘厳な気配を身にまとっている。これがあの陳小生かと、羅は驚きを隠せなかった。

「分かってるよ。邪魔者だってことはな」

「刑事としてここに来たのかい？」

「いや、違う。心配するな。金の話でもない」

「そうか」

陳はひどく厳しい目で頷いた。

「あの娘……張玲玲《チヨンレンレン》か。まだ十五歳だったらしいな」

「そうだよ」

「残念に思っている。どうせ信じねえだろうがな」

羅は張玲玲の遺影を眺めた。黄詠東の言葉通り、可愛らしい笑顔がそこにあった。子供と大人が同居し、やや大人が勝り始めている、そんな十五歳の少女の写真だった。

「花を捧《ささ》げてやってくれるかい」と、陳が言った。

「え？」

「そのために来たんだろう？」

陳は知っている――羅はそう思った。離婚したこと、娘が嫁と暮らしていること、そして、借金の使い道も。危うく舌を打ちそうになった。それを堪えるだけの理性は羅にもあったし、何よりこの式場と張玲玲の遺影がそれを禁じていた。

今日は負けだ――羅は素直にそう思うのだった。

陳から渡された線香に火を点《つ》け、棺の前で深々と頭《こうべ》を垂れた。そして、花を捧げた。傍《そば》には玲玲の父親であろう年配の男が立っている。目も唇も閉ざし、微動だにしない。動き方をすっかり忘れてしまった、そんな印象を与えるほどだった。

「張富《フーワン》君。玲玲の父親だよ」

陳がそう紹介した。父親の目尻や頬に涙はない。その分を黄詠東が流していた。黄詠東は棺に張りついたまま、周囲に目もくれなかった。

「有難う。僕からも礼を言うよ」

「てめえが礼を口にするとはな」

「この場に相応《ふさわ》しくない皮肉だね」

陳《チャン》はほんの少し唇を緩めた。しかし、瞳の奥は変わらず厳しい。

「てめえの礼などいらねえよ。だが、彼女のこと、本当に残念だと思っている」

「羅《ロー》刑事、ちょっと話そうか」

そう告げるなり、陳はくるりと反転した。式場に沿った脇の通路を歩き出す。羅もそのあとに続いた。すると背後から、「陳さん、お帰りですか?」という妙に抜けた声が届いた。辛うじて聞き取れるといった不明瞭《ふめいりょう》な発音だった。振り返ると、ロバそっくりの顔をした男が立っていた。ひどく険しい顔つきで、何故か緊張を滲ませていた。

「いや、まだ帰らないよ。この刑事さんとちょっと話があるだけだ」

「刑事さん……?」

「ああ、そうだよ」

「そうですか……分かりました」

ロバに似た男は深々と頭を下げた。陳は彼を放ってそのまま進み、裏口へと羅を誘った。

「あのロバ顔の男は何者だ?」と、羅は訊ねた。

「許志倫《ホイヂーロン》。葬儀屋だよ。この葬儀を執り仕切っている」

「ふうん、えらく緊張していたな。てめえに怯《おび》えている風にも見えたぜ。あの男、身内なんだろ? 何かしでかしたか」

「まあね」

「何をやった？」

「歯を折られても仕方がないようなことさ」

「はあ？」

陳が急に立ち止まり、くるりと振り返った。

「玲玲《レンレン》のこと、誰から聞いたんだい？」

「え？　ああ、黄詠東《ウオンウエンドン》からだ。露店商の。あの坊主、彼女のことが好きだったらしいな」

「そうらしいね。玲玲は本当にいい子だったよ。黄が惚《ほ》れるのも当然だよ」

陳はジャケットからタバコを取り出して咥《くわ》えた。「君もいるかい？」と勧められたが、羅は首を横に振った。

「羅刑事、林秋雲《ラムチャウワン》は君の情報屋らしいね」

「何だと！」

不意打ちだった。その名前は、羅の理性を吹き飛ばすほど威力があった。

「大きな声を出さないでくれ。ここは葬儀場なんだよ」

「てめえ、どこからそれを――」

と言って、はっとした。

あの医者か――そうに違いない。林秋雲を知っている人間は多数いるとしても、彼が羅の情報屋であることを知る者はたった二人しかいないのだ。一人はもちろん羅《ロー》本人。そして残りは林秋雲《ラムチヤウワン》だ。漏らしたのは林秋雲以外にあり得なかった。

あの野郎、病室で——。

一悶着起《ひともんちやく》こしたのは失敗だったか。周賢希《チヤウインヘイ》という医者が林秋雲に問い質《ただ》したのだろう。羅との関係を。あの医者が陳《チヤン》とつながっていたとは思いもしなかった。

「——大仙《タイシン》病院の髭面の医者だな」

陳は肯定も否定もせず、しばらく煙を吐き出していた。そして一本すべてを灰にしたあと、挨拶《あいさつ》でもするかのようにひどく軽い口調で告げた。

「李伊朋《レイイーパン》の取引相手を全部教えるよ」

全身に電気が走り抜けた。喉から手が出るほど欲しかった情報である。

陳の野郎、どこまで情報を握ってやがる——。

そんな怒りと恐れが同時に羅を襲う。体中の血液が沸騰し始めていた。そして、その沸騰が全身に行き渡った時、羅は陳の意図に気付いたのだった。

陳はこう言いたいのだ。情報を与える。その代わり、張玲玲《ヂヨンレンレン》の死について何も詮索《せんさく》するな、と。

張玲玲はきっと病死ではない。もっと悲しい死に方をしたのだ。

羅は再び、自分の娘のことを思い浮かべた。

「一度しか言わない」

陳はそう前置きして、李伊朋の関係者を次々に列挙した。氏名、隠れ家、主な取引場所――手帳を走るペンの速度が追いつかない部分を、羅は必死に頭に刻み込んだ。ゆっくり話せと頼んだところで、陳は無視するに決まっていた。


陳と別れたあと、羅は入り口付近からもう一度、張玲玲の遺影に頭を下げた。

そしてトヨタクラウンを走らせ、旺角《モンコック》に戻って来た。時刻は午後九時を過ぎていた。女人街《レディースマーケット》の露店は観光客で飽和状態にある。羅は露店の裏側にある食堂の扉を開けた。久しぶりの食事だった。麻婆豆腐《マーボー》と啤酒《ビール》を注文し、席に着く。客は一人もいなかった。

式場からずっと羅は迷っていた。

娘に電話を入れたい。話がしたい。しかし、娘は決して応じることはない。一言も口を利こうとしない。離婚してからの半年の間で、それは身に染みるほど分かっていた。娘は父親を許さなかった。これからも、許す気など微塵《みじん》もないのかもしれない――。

携帯電話を取り出した。別れた嫁の番号をパネル上に呼び起こす。じっと見つめた。けれど、やはり発信ボタンは押せなかった。指先が氷のように固まっていた。羅は「ちっ」と舌を打ち、憎々しげに電話をポケットに落とした。

そのポケットの中に紙切れが入っていた。ゴミかと思って抜き出すと、綺麗《きれい》に折り畳まれた一枚の白い紙が現れた。こんなものをポケットに押し込んだ記憶はない。何だろうかと開いてみると、そこには几帳面《きちようめん》な文字が並んでいた。

一度、個人的にお話しできませんか――。

話さないかと誘う文句のくせに、名前も連絡先も書かれていない。だが、羅《ロー》はその正体が分かっていた。あのロバ顔の男、許志倫《ホイヂーロン》だ。

帰り際、陳《チャン》と別れて再び張玲玲《ヂヨンレンレン》の遺影を眺めていた時、あの男がふっと傍に寄って来た。そして、「有難うございました」と、ごく自然に頭を下げた。無駄のない一連の動作だった。

が、男はそのままその場を去らなかった。瞬きをせず、不可思議な表情を浮かべていた。何かを話したがっているのか、あるいは、羅を値踏みでもしているのか。とにかく、男の腹には複雑な色がありそうだった。

そこで、この紙切れという訳か。

許志倫は陳に対して緊張を漲《みなぎ》らせていた。陳の様子から判断すると、何かへまをやらかしたらしい。しかも、歯を叩き折られるほどの何か。

折ったのは陳に違いない。陳ならばそれくらい朝飯前だ。少年のような童顔を一切歪《ゆが》ませずに殴る。それができる男だ。旺角という盛り場を根城にしながら、いわゆる黒社会、三合会《トライアド》の連中が陳に手を出さないのは、彼に一目《いちもく》置いているからだ。様々な情報を握り、なおかつ、どこまでも肝《きも》の据わった男。連中からしてみれば、最も厄介な人物なのかもしれない。頭でも腕でも互角以上の勝負になる。ならば、黙認するのが得策だ――。

啤酒《ビール》瓶を傾けながら、羅は考え続けた。苦味などまるで感じない。それは麻婆豆腐が運ばれてきても同様だった。機械的に胃の中に料理を放り込んだが、舌に触れるのは辛味や旨みではなく、温かさだけだった。

啤酒を一本飲み終えた時、羅は決心した。

――仕方がない。情報をくれてやる。

同時に、古友武《グーヤウモウ》副署長への報復も諦めた。副署長の眼前に立ち、堂々と彼を見下す機会を失うことになる。その光景を想像するとあまりにも惜しい。しかし、陳から得た情報は単独行動には向かないほど膨大だった。一人で捜査に当たれば、また取り逃がしてしまう恐れがある。組織力が必要なのは明らかだった。

羅は部下の一人に電話を入れた。ふと、初老の店主と目が合った。まさかこの店主が李《レイ》伊朋《イーパン》とつながりを持っているとは思えないが、万一の可能性を考慮して、勝手にテレビの音量を上げた。

「江《ゴン》か。よく聞け」

部下の名は江智《ジー》といった。若く熱心な男で、絵に描いたように犯罪を憎む刑事だった。羅が指揮権を奪われたあと、形式上、江智は中環《セントラル》署への協力要員として駆り出されているはずであった。

「いいか、お前に手柄をやる。李伊朋《レイイーパン》に関することだ。ちゃんと書き取れ。オレからの情報だということは伏せておけ」

「情報を私に？　どういうことですか？」

「お前がオレたちの捜査を引き継ぐんだ。李伊朋の周辺を洗い、麻薬組織を叩き潰す」

「それは望むところです。しかし、それでは主任が——」

「構わない。お前の手柄にすればいい。オレの代わりに、あの副署長に一太刀《ひとたち》浴びせてくれ。オレはそれで十分だ」

「——分かりました。副署長の鼻を明かします」

「ほう、お前も副署長を嫌ってるようだな。そいつは嬉《うれ》しい」

「副署長を嫌っていない者など、旺角署《モンコツク》には一人もいません」

かなり鬱憤《うつぷん》が溜まっているようだった。李伊朋の死亡により、副署長の態度は更に陰険になっているのだろう。そして恐らく、中環署《セントラル》の連中から、ないがしろにもされているのだろう。ろくに情報も降りてこないに違いない。

羅《ロー》がその旨を訊ねると、江智《ゴンジー》は大きな溜息を零し、「その通りです」と答えた。

「とにかく、オレの名前は絶対に出すな。分かったな？」

羅が情報の出所だとなれば、江智は上の連中から追及を受けることになる。あの副署長が黙っている訳がない。加えて、その情報の発信源が陳小生《チャンシウサン》だなど、絶対に暴《あば》かれてはならなかった。陳との関係が公《おおやけ》になれば、それこそ辞職に追い込まれるだろう。よくよく考えれば結局のところ、職を失う覚悟がない限り、今回の事件に関して羅が手柄を立てることは困難な話なのだった。

「書き終えたか？」と、羅は確認する。

「はい、必ず一網打尽に」江智の声が熱を帯びている。「それで、私は何を？」

察しのいい男だった。彼はいい刑事になる、オレと違って——羅は苦笑を浮かべる。

「李伊朋の検視結果を流せるか？」

「それは……簡単にはいきません。我々にはまったく情報が入らないのです」

「分かった。じゃあ、許志倫《ホイヂーロン》という男について調べてくれ。葬儀屋をやっている。どんな些細《ささい》なことでも構わない。できれば早急に頼む」

「何者ですか？」

「まだ分からない。薬物をやっているようには見えなかった。恐らく、李伊朋の事件とは関係ないだろうと思う」

江智は最後に熱く礼を述べ、電話を切った。

テレビの音量を元に戻すと、羅の頭には再びあのロバ顔が浮かんでいた。彼自身が気になるというよりも、彼の折られた歯に興味があった。

4

「許志倫《ホイヂーロン》か。オレが誰だか分かるな？」

「はい。ご連絡をお待ちしていました」

「オレが刑事だってことは知ってんだろ？」

「ええ」

「だから連絡先を書かなかったのか。刑事ならすぐに調べられるって？」

「それもありますが、陳《チャン》さんからお聞きになっているものだと」

「ん、おかしなことを言いやがるな。何でオレが陳の野郎から、お前の連絡先を聞く必要がある？」

例の部下、江智《ゴンジー》が羅朝森《ローチウサム》のところにやって来たのは、翌日の正午頃だった。旺角《モンコック》署内のデスクで即席麵《めん》を食べている最中、直属の上司が席を外したところを狙ってのことだった。

彼は茶封筒をさり気なくイスの傍に落とし、その場を通り過ぎた。彼の姿が消えてから、羅はそれを拾い上げた。

中にはたった一枚の用紙だけが入っていた。コピーされた白黒の写真は間違いなく許志倫だった。

現住所、電話番号、家族構成、学歴、職歴――基本的なことは網羅されている。前科はない。どこにでもいる一般市民だ。

気にかかる点と言えば、しばらくの間、とある施設に入っていたことくらいだろうか。施設の名称には見覚えがなかったし、また、入った理由も書かれていない。認可を受けていない施設だった可能性もある。

一年ほどで施設を出たあと、許志倫は親の葬儀社に戻り、再びそこで働き始めている。以降、先代の父親は一線を退き、彼は二十代でその跡を継いでいた。

羅はそこに記された葬儀社に電話を入れた。

許志倫はすぐに応対に出た。

「これから式場の片付けに向かいます。そこでお会いできませんか？」

許志倫の声は昨日と同じく曖昧《あいまい》な音だった。空気の漏れる音が頻繁に耳に届く。

「何の用だ？　オレのポケットに紙切れを入れるところを見ると、隠れて会いたいって訳か」

「ええ、まあ」

「陳の野郎に、だな？　お前、奴に歯を折られたんだろう？　その腹いせか？　あの野郎に一泡吹かせようってか？」

許志倫は何も答えなかった。何かを推し量っているような沈黙だった。

「その魂胆は嫌いじゃねえ。内容によっては黙っていてやってもいいぜ」

羅《ロー》の本音だった。もちろん、許志倫《ホイチーロン》を信用したのではない。それはあまりにも早過ぎる。だが、陳小生《チャンシウサン》を通さずに、という響きは心地よかった。陳に対する切り札は多い方がいいに決まっている。もちろん、現段階では一枚も持っていないのであるが。

「話せ。簡単でいい。何についての密談だ？」

許志倫はしばらく迷っているようだった。あるいは、迷っている振りをしているのか。羅は焦《じ》れながらも辛抱強く待った。

「――李伊朋《レイイーパン》に関することです」

許志倫はやや長めの間を置いたあと、力のこもった声でようやく告げた。

「李伊朋？」と、羅は声を裏返す。「お前、どこからその名前を」

「は？　今朝の新聞ですが」

言われて思い出した。今朝の東方日報《オリエンタルデイリーニュース》に彼の死亡記事が掲載されていた。署のデスクで目を通したのだった。事故とは明記されていなかったが、そちらに寄った記事の書き方だった。

「おい、ちょっと待て」羅は引っ掛かりを覚える。「奴の記事が出たのは今朝だ。だが、お前がオレのポケットに手紙を入れたのは昨日だぜ。昨日の時点で、どうして李伊朋のことを知っている？　奴を殺したのはお前か？」

「まさか」と、許志倫は否定する。

「ならば、何か目撃したか？」

「李伊朋が亡くなったのは事故じゃないのですか？」

「どうしてそう思う？」

「いえ、新聞にはそう取れるように書いてありましたので」

「ちっ」

許志倫の意図が読めなかった。李伊朋に関する情報を提供しよう、そういうつもりではなさそうだった。李伊朋に関係しているが、それとは何か別のことを話したがっている、そんな気がした。

「いいだろう。一時間後でどうだ？」と、羅は同意を示した。

「結構です。羅刑事」

「おい、何でオレの名前を知っている？」

「え？　いえ、昨日、陳さんがそう呼んでおられましたから」

「ふん、お前、歯を折られた理由を聞かせてもらうからな。覚悟しておけよ」

許志倫は無言のまま電話を切った。

どうにもきな臭い印象が先に立った。許志倫という男、容易に分類できない厄介さを持っている。腹の底では陳小生に怯えている節もある。目の色を窺《うかが》っているようでもあった。

しかし、陳《チャン》の元で着実に仕事をこなしているらしい。お世辞ではなく、張玲玲《ヂョンレンレン》の祭壇や式場は見事なものだった。

陳に隠れて刑事と連絡を取ろうという大胆さの一方で、陳の力を見くびっている甘さも見受けられる。許志倫《ホイヂーロン》と羅が密会した、その情報はいずれ陳の耳に届くであろう。陳の情報収集力は並ではない。伝わったならば、許志倫の歯がまた欠けることになるかもしれない。彼はそれをよく理解していないのではあるまいか――。

矛盾、という言葉が思い浮かぶ。許志倫の思考や行動には、その根拠となるものがまるで見当たらないのだった。

陳に先んじた情報は欲しい。だが、慎重に行動すべきだろう。下手をすれば、こちらまで巻き添えを食う可能性もある。

羅は再び手元の用紙に目を通した。そして、これを用意してくれた部下の江智《ゴンジー》に連絡を入れた。彼は既に署を出ていた。李伊朋《レイイーパン》の件で、早速動き出しているのだろう。

「時間の無駄になるかもしれないが、もう一つだけ頼まれてくれ」

羅は簡単に説明した。ほんの些細な疑問であったが、万全を期しておきたかった。

「分かりました。では、なるべく早く向かいます」

江智はきびきびとした口調で答えた。

彼を走らせた訪問先は、許志倫が過去、世話になったらしい施設だった。

張玲玲の式場はほとんど昨日のままだった。参列者用のイスや装飾は取り去られているが、祭壇はまだ片付けられていなかった。

花畑のような供花《きようか》の中、二箇所だけ不自然な空白があった。棺と遺影が置かれていた場所だった。

「何だよ、これから片付けるのか？」と、羅は式場を眺めながら言った。

「はい。父親の張富君《フーワン》さんと金髪の男性が、夜通し棺の傍についておられたもので。つい先程、何とか説得して帰宅して頂きました」

許志倫は昨日と同じく黒の上下だった。その上に所々欠けた白い歯が並んでいる。どうにも奇妙なコントラストだった。

「黄詠東《ウオンウエンドン》の坊主か」

「彼は玲玲さんの恋人だったのですか？」

「いや、奴が一方的に彼女を想っていたらしいな」

「そうですか。振られたのでしょうか？」

「知らねえよ。片想いだろうが両想いだろうが、何か問題があるのか？」

「いえ、そういうことでは。彼はずっと棺の前で泣いていました。余程、玲玲さんのことが好きだったのだろうと思いまして。彼は大丈夫でしょうか？　玲玲さんの死を受け入れられるのでしょうか?」

「気になるんなら、黄詠東《ウオンウエンドン》に訊け」

「いえ、別に気になる訳では……」

羅《ロー》は張玲玲《チヨンレンレン》の遺影のあった場所を流し見た。その空白の中で、彼女は微笑んでいるように映った。

「おい、ここで話すのかよ?」

「そうですね。では、こちらへ」

許志倫《ホイヂーロン》が案内したのは、昨日、陳《チヤン》が誘ったのと同じく式場の裏側だった。

「それで? 李伊朋《レイイーパン》がどうのと言っていたな」

「ええ」と、許志倫は頷く。

「聞こう。時間はある」

「彼が死んだのは事故ではないのですか?」

「は?」

「いえ、羅刑事の口振りではそんな風に思えたもので」

「事故じゃなかったらどうなんだ?」

「警察はどう判断しているのでしょう?」

「さあな。何故それを気にする?」

「仮に他殺となった場合、警察はどう動きますか？」

「……何が言いたい？」

羅は訝《いぶか》しげに睨んだ。許志倫の丸い瞳がぎょろぎょろと動く。やはり、真意が読めなかった。正攻法でいくべきか。あるいは判断材料が揃うまで、しばらくこの男に付き合ってみるべきか──。

「他殺ならば、通常通りの捜査が始まるだろうな」

「通常通りというのは、李伊朋の身辺や行動を洗うということでしょうか？」

「まあ、そうなるだろう」

「そうですか……」

「お前、何を心配している？」

「心配、ですか？」

「ああ、オレにはそう見えるがな」

一転、許志倫は厳しい顔を寄越した。

「羅刑事、もし彼が他殺となった場合、あなたはその捜査を担当しますか？　私は所轄といったことは分かりませんが、どこの署が捜査に当たるのでしょうか？　あなたがその任務に就かないのであれば、捜査を担当する刑事を紹介して頂くことは可能でしょうか？」

許志倫は一気にまくし立てた。その口調は挑戦的であり、何やら弱々しく不安げでもある?

った。切実と言った方がよいだろうか。

この男、李伊朋《レイイーパン》と只《ただ》ならぬ関係があるのか? どうして奴に関する捜査状況を懸念する?

迷いどころだった。李伊朋を追い続けた結果、彼の死亡によって捜査から外された、その事実を告げるべきだろうか。

羅《ロー》は許志倫《ホイチーロン》のロバ顔を見つめる。彼は時折舌を出して唇を湿らせていた。緊張しているのか、余裕を見せたいのか。とにかく、何らかの腹積もりはあるようだ。それを推し量れないのがもどかしい。

「李伊朋についてはオレも綿密な捜査をしていた」

羅は許志倫の懐に飛び込むことを選んだ。彼がこちらの懐に入って来たように。

「していた?」

「ある容疑で奴を逮捕するつもりだった。しかし、お前も知っている通り、奴は死んでしまった。事故か事件かは知らん。オレの捜査はそこで終わった」

「つまり、羅刑事がしていた捜査は、今回の李伊朋の死亡とは関係がないということでしょうか?」

「さあ、どうだろうな。とにかく、所轄がもう変わった。担当の者を紹介してやることもできるだろう。しかし、オレを通してだ。それならば、お前の要望を聞き入れてやってもいい」

許志倫の目が光る。しかし、その光源はまだ見えない。

「有難うございます」許が頭を下げた。「羅刑事、失礼ですが、李伊朋について、あなたが知っていることをお聞かせ願えませんか？」

「何だと？」

「いえ、順序が間違っていることは承知しています。ですが――」

「ですが、何だ？」

「羅刑事の捜査過程、あるいは現在の捜査過程で、李伊朋の行動について疑問点はありませんでしたか？　話して頂ければ、もしかすると、それにお答えできるかもしれないと思ったもので」

「疑問だと？」

「はい」

ますます視界が曇り出した。雲がかかったようだった。この男、何を考えている？　彼の厚顔さと無謀さが、羅の判断を鈍らせていた。

だが、一つだけはっきりしたことがあった。許志倫はとにかく「何か」を語りたがっている。李伊朋に関する何か、あるいは、そこから派生する何か――。

「疑問など何もない」

そう言って、羅《ロー》は踵《きびす》を返した。

賭《か》けだった。許志倫《ホイヂーロン》は恐らく呼び止めるだろう。

数歩進んだところですぐに結果は出た。

勝った。矛盾を抱えた男であるが、ひどく単純でもある。

「分かりました。私の話を聞いてください」

「いいだろう。話せ」と、羅はまた元の位置に戻る。

「李伊朋《レイイーパン》が麻薬に関係していることは私も知っています。羅刑事が捜査していたのもその件でしょう。いえ、誤解しないでください。私は麻薬になど手を出していません」

「ならば、どうして奴を知っている?」

「それを今からお話しします。先程、疑問と言ったことについてですが、彼が急に姿を消したことはありませんでしたか?」

羅は反射的に拳を握り締めていた。確かにあった。突然、ぱたりと李伊朋の行方が分からなくなった。あの失態を演じる三週間ほど前のことだった。

「実は、李伊朋の姉が亡くなったのです。彼の姉は、三合会《トライアド》のある組織の幹部に嫁いでいました。つまり、彼女も麻薬に関係していました」

その姉の名前は、陳《チャン》から聞かされたリストにあった。嫁ぎ先の三合会幹部の名も当然そこに入っており、情報を渡した部下を通して、旺角署《モンコック》は逮捕への緊急準備に追われているはずであった。

「三週間ほど前、彼女の葬儀が密《ひそ》かに行われました。近親者だけでひっそりと。彼女の夫も、少々危険な立場に追い込まれていたようです。大々的に葬儀ができないような。そこで、どこから聞きつけたのか、私の元に葬儀を執り仕切るよう依頼がきたのです。李伊朋本人からでした。誰にも知られずに葬儀を行いたい。そんな場所はあるか、と。もちろん、陳さんは知りません。陳さんは数々の仕事をしておられますが、麻薬絡みのことは一切手をつけていません。羅刑事、くれぐれも内密に願います。陳さんの耳に入れば、私はもうこの商売ができません」

「ってことは、歯を折られたのはそれが原因じゃねえんだな？」

許は自嘲《じちょう》気味に鼻を鳴らし、首を横に振った。

「私は依頼を受け、ある場所で葬儀を行いました。李伊朋はしばらくの間、じっとそこに佇《たたず》んでいました。あの張富君《チヨンフーワン》や金髪の若者と同じように、姉の棺の傍から離れませんでした」

なるほど、そういうことだったのか。羅は二つの意味で納得した。李伊朋が行方不明になったことについて。そして、許志倫の牽制《けんせい》について。

「先制攻撃ってところか。奴の捜査過程で、お前の名前が既に浮かんでいる、あるいは今後、浮かんでくる可能性がある。それを先に告白しておこうという算段か。李伊朋の死や麻薬に関して自分はまったく埒外《らちがい》にある、と」

「ええ、まあ」

「だが、どうにも分からねえな」

「え？」

「告白する相手を間違ってるんじゃねえのか」

許志倫《ホイヂーロン》は一瞬身構え、緊張を漲らせた。目尻には痙攣《けいれん》らしきものが走っている。

「……どういう意味でしょう？」

「お前のその告白は、まず陳《チャン》の野郎にすべきことだ。どんな形であれ、お前は李伊朋《レイイーパン》と接触を持った。そして、お前はそれを陳に内密にしろと言う。お前、陳を舐めているんじゃねえだろうな？　あの野郎は必ず情報を手に入れる。事後報告では遅い。お前の歯がまた欠けることになるぜ」

「はい……それは承知しています」

許志倫は予想外にあっさりと同意した。

羅《ロー》はそこでようやく思い当たった。この男の魂胆に。

「お前、李伊朋などどうでもいいんだな？　李伊朋は単なる餌《えさ》か？　こうしてオレと会合を持つための。お前の目的は他にあるんだな？」

許志倫の唇が微かに歪んだ。そこから少し息が零れている。

「お前、オレに疑問はないかと訊ねたな？　その疑問を話してやるよ。お前が李伊朋の死を知ったのは今朝だ。それが嘘《うそ》でないとすれば、昨日の紙切れは一体何だ？　昨日の時点で、お前の興味は李伊朋になかったはずだ。もっと別の何かだったはずだ。それは何だ？単に刑事とお喋りでもしたかったのか？　お前、昨日オレが陳と別れたあと、見計らったかのように声をかけてきたな」

許志倫が固く唇を閉ざした。動揺を懸命に隠している、そんな風に羅には映る。いや、希望的観測だろうか。

「許志倫。お前は昨日、オレとのこの会合を望んだ。しかも、陳を抜いてだ。オレはその意味をずっと考えあぐねていた。だが、やっと理解した。陳に隠れてまでこの場を設けた理由——昨日、オレと陳が何を話していたか、お前はそれを知りたいんだろうが。え？それがお前の本当の狙いなんだろうが。オレと陳が何を話したと思った？　何を勘繰っていた？　お前にとって、李伊朋よりもその会話の方が緊急なのはどういうことだ？」

その時、羅の携帯電話に着信が入った。例の施設に向かわせていた部下の江智《ゴンジー》からだった。応対すると、電話の向こうからは意外な話が耳に届いた。

羅は眉間《みけん》に皺《しわ》を寄せた。奥歯を噛んだ。いくつもの言葉が喉の奥で溢れ出した。

まさか——まさか、この男。

許志倫が施設に入っていたのは三年近くも前のことである。そこで許志倫は、およそ一年に渡って治療を受けた。その治療内容が問題だった。

羅《ロー》の頭には張玲玲《ヂヨンレンレン》の遺影が浮かんでいる。それはやがて、自分の娘と重なっていく。尻のポケットにある写真へと——。

電話を切った羅は目の前の男を鋭く睨んだ。そして、おもむろに口を開いた。

「お前、李伊朋《レイイーパン》の死に関係ないんだな?」

「え? は、はい……」

「だが、張玲玲の死には関係しているんじゃねえのか?」

許志倫《ホイヂーロン》から一切の表情が消えた。

「てめえ、まさか張玲玲にちょっかいをかけたんじゃねえだろうな。だとしたら、オレはてめえの歯を全部叩き折ってやる!」

二〇一二年　夏　八月四日

1

目を覚ますと、全身の関節が一斉に悲鳴を上げた。起き上がろうとしたが、特に右肩の激痛に耐え切れず、新田悟は再びベッドに崩れ落ちた。

昨日の衝撃を思い出す。咄嗟《とっさ》に頭部を両腕で庇《かば》ったが、右肩から車のダッシュボードに叩《たた》きつけられた。意識が飛ぶほどに。

そして、その意識が戻りつつある時に現れた記憶――封じ込めていたはずの記憶。

左手で右肩を丹念に揉《も》んだ。朝日に炙《あぶ》られた体は既に汗ばんでいる。マッサージをしているうちに、更に汗が流れ出す。

やはり、朝はいい。太陽の眩《まばゆ》さで、あの記憶が見えなくなる。どこかへ乱反射しているのかもしれない。汗が洗い流してくれているのかもしれない。とにかく、新田の記憶は空になる。朝日に晒《さら》されたこのベッドの上では。

右肩の痛み以外、いつもと変わらない翌八月四日の朝だった。

ベッドを転がるようにして、床に降り立った。汗は嫌いではない。しかし今、全身にまとわりついた粘り気は限度を超え、不快になり始めていた。そのせいか、痛みが増したようにも感じられた。

冷たいシャワーを浴びた。右肩が少し軽くなったようだった。動かしてみると、痛みはいくぶん引いていた。いや、単に不快感が取り除かれただけに過ぎないだろう。痛みなど、この程度に感覚的なものなのだ。明日になればベッドから身動きが取れなくなっている、そんなことも十分に考えられる。一応、髭《ひげ》の周賢希《チヤウインヘイ》医師に診てもらうか。新田はぼんやりそんなことを考えながら、「車には運がないな」と一つ息を零《こぼ》した。

羅朝森《ローチウサム》刑事のトヨタは、完全にエンジンがいかれたらしかった。許志倫《ホイヂーロン》の自宅アパート前で何者かに車をぶつけられたあと、羅がどれだけキーを回そうが、トヨタは息を吹き返さなかった。諦《あきら》め顔の羅は、「日本人のお前がやってみろ。相性がいいかもしれねえ」と訳の分からない命令をくれたが、結果は明白だった。

リビングで濡《ぬ》れた体を苦労して拭《ふ》いていると、携帯電話が鳴り出した。その羅刑事からだった。

「何だよ、元気そうじゃねえか」

「意外だな。あんたでも人の体を心配するのか?」

「お前の心配など誰がするかよ」と、羅の鼻息が届く。「ちっ、そのままくたばればよかったのによ」

「残念だな。あんたの期待に副《そ》えなかったようだ。まあ、右腕は思うように上がらないが」

「ざまあ見ろ。刑事に舐《な》めた真似《まね》をするからだ」

「だが、あんたのトヨタよりはましだ。少なくとも動ける」

「何だと！」

羅が怒鳴り出した。よくよく感情が変わるところを見ると、彼は変わらず元気らしい。あの衝撃の後も大声を張り上げられるとは、さすがに刑事といったところか。タフな男だった。

「あれから車は修理に回ったのか？」と、新田は訊《たず》ねる。

「修理代はお前が持てよ」

「あのアロハがまた出してくれるだろう」

「ふざけるな。オレの車は汚れてねえぞ」

その言葉に苦笑した。羅は、自身が少なからず汚れた刑事であることを自覚しているらしい。

昨日、羅とはあのアパートの前で別れた。彼は馴染《なじ》みの修理工を呼び出し、新田は的士《タクシー》

るようだった。

羅《ロー》にとってはアロハの若者よりも、自分の愛車の方がずっと気がかりであ

を呼び寄せた。

アロハの若者は王星偉《ウオンシンワイ》といった。本人が主張したように、どうやら本当に許志倫《ホイザーロン》を知らないらしく、呼び寄せた的士《タクシー》の後部座席でも、彼は一貫して首を横に振り続けた。

陳小生《チャンシウサン》のオフィスに連れ込み、許志倫の写真を引っ張り出してきて見せたが同じだった。

「何だよ、この馬面は」と、彼は笑い出した。続いて劉巨明《ラウゴイミン》のものを差し出すと、「何だよ、この豚面は」と、また笑った。

王星偉には、もう脅しや腕力の必要はなかった。訊《き》かれたことに文句を垂れながらも答えた。しかし、彼から得た情報は皆無に近い。巨明の妻、麗文《ライマン》が指摘した通りだった。あの部屋であの女を見張るよう二〇〇〇HKドルで雇われた、と王星偉は話した。麗文とは初対面で、彼女の名前さえ知らなかったと言う。彼が持っていた二〇〇〇HKドルは、そのアルバイト料だったらしい。何か動きがあれば伝えろ、それだけを告げられていたようで、何を探せとも指示されなかった——と、彼は語尾を粘つかせながら続けた。

唯一の有益な情報はその雇い主だった。彼の兄、王有偉《ウオンヤウワイ》から命じられた、と星偉は言った。あのアパートで一緒に暮らしているのだ、と。

麗文が言っていた「指示を与えていた人物」は、この兄だと思われた。新田が最初に彼女の元を訪ねた際に潜んでいた男も、彼に違いなかった。

「あのガキ、チンピラ以下だな」

星偉との昨日の面談を話して聞かせると、羅は呆《あき》れたように溜息《ためいき》を吐《つ》いた。同感だった。やはり、あまりにも素人《しろうと》染みている。すぐにのされることといい、簡単に口を割ることといい、星偉のような者を雇う気がしれなかった。杜撰《ずさん》や行き当たりばったりといった印象がどうにも拭《ぬぐ》えない。

「兄貴に当たるしかねえな」と、羅が言った。「その兄貴ならば、許志倫と面識があるかもしれんぜ。まあ、仮に許が今回の一件に関わっているとして、同じアパートで仲間同士ってのは馬鹿げてるがな」

「ああ、馬鹿げている」

「で、あの車の件はどうだって？　ぶつかってきやがった車は？」

「いや、知らないようだ」

「ふん、そうだろうな。気絶してやがったからな。おい、そろそろ準備はできたか？」

羅が唐突に話を変えた。

「は？」

「この長話の間に、出かける準備はできたのかと訊いてるんだ」

「出かける？　そんな約束をした覚えはないが」

「車をぶつけられて泣き寝入りしろってか？　ふざけるなよ」

「どこへ行く?」

「決まってるじゃねえか、あのアパートだよ。一時間後にそっちへ行く」

それだけを告げて、羅《ロー》は電話を切った。彼の口振りから判断すると、どうやらあの車に関する情報を手にしたらしい。あるいは得意の刑事の勘かもしれない。

いずれにせよ、それは新田にとっても好都合だった。あのアパートに戻る必要がある、そう考えていた。ただ、羅刑事を連れて行くことを思うと少々億劫《おっくう》ではあった。しかし、手帳の威力は利用したかったし、そして何より、彼が昔に調べたという許志倫《ホイザーロン》の一件について訊き出したかった。

陳《チャン》に連絡を入れた。が、留守番応答に切り替わった。昨日の報告を残した。巨明《ゴイミン》の葬儀の件がまだ手間取っているのだろうか。陳が電話に出ないのは珍しいことだった。

右肩に痛みを感じつつ着替えを済ませ、新田は部屋を出た。

羅が到着するまでにと、女人街《レディースマーケット》へ向かう。時刻は正午前で、露店商の黄詠東《ウオンウエンドン》はそろそろ開店準備を始めている頃である。

新田にはまだ未回収の商品が残っていた。イレギュラーなことに首を突っ込んでいるが、もちろん本職を忘れてはいない。何より陳がそれを許さない。未回収四件のうち、少なくとも二件は取り戻したかった。

道中の便利店《コンビニ》で菓子パン二つと茶を買った。筋肉と関節は損傷しているが、胃はそうでもないらしい。流し入れていると、ほどなく金髪の坊主頭が目に入った。

「こんにちは。サトルさん」

真っ赤なTシャツは今日も元気そうだった。二日前、羅刑事が「あの店に近づくな」と忠告をくれたが、黄の声には、刑事たちがやって来たような気配は感じられなかった。あの程度の被害では、やはり警察は動く気になれなかったのだろう。

「どうだ、何か入ったか？」

「いえ、残念ながら」と、黄は首を振った。

「そうか。他の店を当たってみるか」

「タイムリミットはいつですか？」

「できれば明日には手に入れたい」

「どこの商品でしたっけ？」

「ヴィトンとグッチ、それにエルメスだ」

「そうですか」

そう言って、黄は準備途中の店内を見回した。その動作の意味は新田にも分かっていた。

「奥の手か？」

「ええ、どうします？」

奥の手とは、代用品で手を打つことである。盗まれた商品そのものではないが、同じブランド、同じ形の別のものを手渡し、当人に納得してもらうのだ。

もちろん偽物である。そして、それに応じて手数料も下がる。新田らからすると利益は減少するし、お客側も手放しでは喜べない。だが、双方の間に何もないよりは格段にましだった。相手は落胆の色を見せるが、それほど濃い訳ではない。中には本物と勘違いし、ほくそ笑む者もいた。旅行者の滞在期間は限られている。それが短い者ほど、偽の新品を喜ぶ傾向が強かった。

「明日の昼までに見つからなければ使おう。一応、用意しておいてくれるか」

「いいですよ」

黄《ウォン》にそれぞれの商品の型番を説明し、新田はタバコに火を点《つ》けた。黄が素早く灰皿を用意する。

「巨明《ゴイミン》さん、亡くなったそうですね」

黄が何気なく呟《つぶや》いた。

「ああ、そうだ。誰から聞いた？」

「いえ、そんな噂《うわさ》が流れてて。昨日の新聞に出てたそうですね、撃たれたって。巨明さんとは書かれていないみたいですけど、あの記事はそうに違いないって。そう言えば、最近見かけないなと、ぼくも思ってたんですよ」

「巨明は銃殺された。それは事実だ」

「でも、今朝の新聞には何も載っていませんでしたよ。巨明さんの名前も続報も」

新田の前に東方日報《オリエンタルデイリーニュース》が差し出された。

「あ、サトルさん。この前、新聞を勝手に持ってったでしょう？」

「ああ、俺だ。すまなかった」

「いや、別にいいんですけどね」と、黄は肩を竦《すく》める。「それもあげますよ」

新田は店の奥からパイプイスを取り出し、そこに腰かけて東方日報を広げた。が、思い直してすぐに閉じた。

「なあ、黄。準備の邪魔をして悪いが、いくつか訊きたいことがある」

「何ですか？」

「許志倫《ホイヂーロン》という男を知っているか？」

「許さん？　ああ、葬儀屋の」

「そうだ。歯の欠けたロバ顔の男だ」

「知ってますよ」

「どういう人物だ？」

「どういうって言われても……会うのは葬儀の時だけですからね。親しくはありませんよ。前に会ったのだって、えっとあれは――」

黄はそこでふと顔を曇らせた。普段の彼からは想像もつかないほど影が落ちていた。新田はじっと彼を見つめる。その表情は微《かす》かな記憶を刺激した。以前、こんな黄《ウォン》を目にしたことがある――。

「あれは……一年半前でしたね。玲玲《レンレン》が死んだ時」

玲玲――張富君《ヂヨンフーワン》の娘だ。

陳《チャン》に請われるまま、新田もその葬儀に出席した。そこで泣き崩れる黄を見て、彼と少女は恋人同士だったのだろうかと思った記憶がある。それを本人に確かめたことはない。以降の黄は必死に働いていた。少女のことは口にしないでくれ、全身がそう語っていた。多分、すべてを忘れようと懸命だったのだろう。その気持ちは痛いほどに理解できた。ただ、新田とは正反対の前向きな態度ではあった。

「すまない。嫌なことを思い出させた」

「いえ、ぼくの方こそ柄にもなく」と、黄は両手で頰《ほお》を軽く叩いた。

「黄、今更こんなことを訊ねるのも何だが、あの少女は恋人だったのか?」

「いえ、ぼくの片想いです。告白する前に、玲玲は亡くなってしまいましたから」

「そうか。だが、玲玲はお前のせいで死んだのではない。その事実は大きいと思う」

「え?」

「いや、何でもない」

玲玲の死は黄のせいではない――そこが新田とは決定的に違うのだろう。黄は事実をどこかへ押し込めようと働き続け、新田は事実の中に深く閉じこもった。黄は前を向こうとし、新田は一歩も進もうとしなかった。多分、そういうことだ。

「あ、そう言えば、サトルさんと会ったのもその頃でしたね」と、黄が明るい声で言った。

「そうだな」

今度は新田の顔が翳《かげ》る。

「陳さんがぼくの店に連れて来て」

「当時の俺はひどかっただろう？」

「いや、まあ……」

「遠慮はいらない。俺は、羅《ロー》刑事と初めて会った時のことを何となく覚えている。彼はこう言っていたそうじゃないか。『その日本人、生きてるのか？』と。あれは的確な言葉だったよ。確かに俺はそういう心境だった。羅刑事の言葉はいつも聞くに堪えないが、あれだけは正しい」

「すいません……嫌なことを思い出させてしまって」と、黄は金髪を掻《か》いた。

「いや、これでおあいこさ」

微笑《ほほえ》むと、黄も頬を緩めた。新田は新聞を脇に挟んで立ち上がった。「再見《チョイキン》」と声をかけて店を出ようとすると、黄が不意に呟いた。

「何が――あったんですか？」

何があったんですか?」

「あの当時、サトルさんがここにやって来た時……確かにサトルさんはひどかった。一体、何があったんですか?」

「え?」

新田は何も答えなかった。

一体、何があったのか――それを知っているのは陳小生《チャンシウサン》以外に存在しない。

「黄《ウォン》、許《ホイ》のことは伏せておいてくれ」と、新田は言った。

「え、葬儀屋の許さんが、巨明《ゴイミン》さんの事件に関係しているんですか?」

「いや、まだ分からない。噂の発端になるなよ」

「ええ、それは……」

「ああ、もう一つ」と、新田は出そうとした足を再び戻す。「許の歯を折ったのは陳らしい。そんな噂は以前に流れていたか?」

「は? 陳さんが?」

黄はひどく驚いた様子で首を左右に振り、それから自分の歯を触った。確認せずとも、一本も欠けていない綺麗《きれい》な歯並びだった。

2

依頼品が一つ見つかった。エルメスのボストンバッグ。女人街《レディースマーケット》の南の端にある露店に納められていた。規定の料金を支払い、買い取った。

依頼人と連絡を取ると、彼女は大層喜んでくれた。すぐに受け取りに行く、そう声を弾ませた。四十代の上品な女性だった。思い出の品なのだと彼女は語っていた。結婚後、夫からの最初の贈り物なのだと。

新田は大きく深呼吸する。封じ込めていた記憶がまた頭を過《よ》ぎった。黄《ウォン》との会話の余韻が残っていたせいだろうか。それにしても、ここ数日その頻度が高い。

結婚後、俺が最初に彼女に贈った物は何だったか——脇に挟んだバッグの厚みを感じる。確か、自分もこんな鞄《かばん》を贈ったのではなかったか。

いや、ここまでだ。新田は頭を振り、視界を黒く染め、強引に記憶を押し込めた。この地にやって来て一年半あまり。その術《すべ》は上達した。そう信じている。そうでなければ、ここへやって来た意味がない。陳小生《チャンシウサン》に拾われた意味がない。

彌敦道《ネイザンロード》へ出て、的士《タクシー》を拾った。

「九龍《ガウロン》公園の南へ」

依頼人の女性とはそこで待ち合わせた。彼女は尖沙咀《チムサアチョイ》に宿泊していた。ちょうどよかった。麗文《ライマン》のいる文城酒店《マンシンホテル》もすぐ傍《そば》にある。

新田は羅朝森《ローチウサム》刑事に連絡を入れ、「文城酒店で拾ってくれ」と告げた。また怒鳴り声を響かせるかと思っていると、彼は「ああ、ちょっと遅れるかもしれねえ。そこで待ってろ」と素直に応じた。その返答は拍子抜けするほど従順だった。

海防道《ハイフオンロード》との交差点で的士《タクシー》を降りると、依頼人は既に到着していた。夫らしき男性も一緒だった。二人は丁寧に頭を下げた。中身はすべて抜かれている、そう念を押してバッグを渡すと、それでも二人は満面の笑みで頷いた。

「これに間違いありません」と、女性が言った。

「それはよかった。これから気をつけてください」

代金を受け取って去ろうとすると、「あの」と女性に呼び止められた。

「何でしょう?」

「本当に有難うございます。感謝の印ではありませんが、ご迷惑でなければお食事でもいかがですか?」

「いえ、それは遠慮しておきましょう。お気持ちは嬉しく思います。また、迷惑だとも思っていません。規定の料金を頂いたことでもう十分です」

「いえ、でも……」女性は顔を曇らせた。「わたし、本当に感謝しているんです。あなたとも少しお話ししてみたい。どうしてここで仕事をされているのか、色々とお伺いしたいの」

「おい、駄目だよ」と、隣の男性がたしなめた。

「でも——」

「いきなり、そんなプライベートなことを訊ねるのは失礼だろう」

「ここで失礼します」と、新田は二人の間に割って入った。「また次の機会があれば、その時にお話ししましょう」

背を向けた。その背後から、女性の声がまた聞こえた。

「ねえ、見つかったのに喜んでくださらないの？　どうしてそんな悲しそうな顔をしているの？」

悲しそうな顔、か。

その理由は分かっていた。ここ数日、維多利亜灣《ヴィクトリアハーバー》へ足を向けていないせいだ。それを思い出したせいだ。

新田はひどく驚いていた。いや、狼狽《ろうばい》していた。あの一時を忘れていた自分が信じられなかった。

確かに目まぐるしい数日だった。これまで経験したことのない濃密な時間に慌てていたのかもしれない。戸惑っていたのかもしれない。だが、新田の不安はそこにない。最も恐れていた状態に陥ってしまったのではないか、それを懸念していたのだった。

この地の空気に慣れてしまったのではないか——とうとう自分の肌はそんな風になってしまったのではなかろうか。それだけは避けよう。いつの日にかきっと、この地から——

そう決心していたにもかかわらず。

分からなかった。分かっているのはとにかく、貴重であるはずの一時をないがしろにした自分がいることだった。ただ黙々と維多利亞灣《ヴィクトリアハーバー》の穏やかな水面《みなも》を眺める時間。自らを確認し、あるいは自らを取り戻し、崩れそうになるバランスを整える時間。

文城酒店《マンシンホテル》の前でしばらく立ち尽くした。何の色も特徴もないコンクリートの壁である。まるで味気のない酒店である。新田はじっと壁面を眺め続ける。しかし、そこに維多利亞灣が見えるはずもなかった。

麗文《ライマン》に電話を入れた。

「ああ……サトルさん」

彼女はすぐに応《こた》えた。昨日の電話と同じく元気な声が返ってくることを期待していたが、その言葉には芯《しん》というものがなかった。ひどくぼやけた印象があった。巨明《ゴイミン》を亡くして以来、これほど悲しげな麗文の声を聞いたのは初めてだった。

電話を手にしたまま、新田は駆け出した。

「大丈夫ですか？　何かありましたか？」

文城酒店三階の扉が開いた瞬間、新田は慌てて訊ねた。一昨日と異なり、麗文はカーキのチノパンに濃紺のパーカーというラフな格好だった。小さな体だ。文鎮を握り締め、拳《こぶし》を放った女性とはまるで思えない。新田には髪の長い少年としか映らなかった。

「いえ、何もありません」

そう答える彼女の目は、どこかしら腫《は》れているような気がした。やや赤みを帯びてもいる。泣いていたのだろうか。それを隠すためか知らないが、彼女は薄く化粧をしていた。

「本当ですか？」

「はい、本当です」

頼りない肯定だった。しかし麗文のことだ、これ以上疑問を重ねても無駄だろうと思われた。

「とりあえず、サトルさん、どうぞ中へ」

通路を確認しながら、新田はドアを閉めた。通路の空調は効き過ぎるほど効いている。エアコンを稼動させていない彼女の部屋は湿気が漂っていたが、ちょうどよい温度でもあった。

「本当に色々と気を遣って頂いて、とても感謝しています」

麗文は小さな冷蔵庫から、ボトルに入った茶を取り出した。備品のカップに注ぎ入れ、灰皿を添えて新田の前に差し出した。

「どうぞ、ここに置いておきます」

麗文の声に艶《つや》が戻っていた。だが、彼女に何かがあったのは確かだ。監視していたあの連中、あるいは巨明《ゴイミン》が書き残した任家英《ヤムガーイン》という男が、彼女に対して何らかの行動を起こしたのだろうか――いや、それは違う。この酒店《ホテル》がそう簡単に漏れることはない。ここはあの陳小生《チャンシウサン》の城なのだ。麗文《ライマン》の居場所がそう容易《たやす》く分かるはずがない。

新田は礼を述べ、小作りのテーブルチェアに腰を下ろした。茶を一口飲み、断ってからタバコに火を点けた。

眠るためだけの小さな部屋だ。場所がないため、麗文はベッドサイドに腰かけている。やや俯《うつむ》き加減であるが、頬の血色は悪くない。酒店前の電話から、新田が三階に上がって来るまでの間に、彼女は気持ちを切り替えたようだ。それができる女性だった。

「この酒店で何か不都合はありませんか？」

「はい。食事もちゃんととっています」

「ルームサービスですね？」新田の目が鋭くなる。

「ええ」

「どの男が担当していますか？」

「色の浅黒い、多分フィリピンの方だと思いますが、その男性が。そのお茶も彼が買って来てくれました」

「彼以外にこの部屋にやって来た者はいますか？　他のスタッフが」

「いえ、それはありませんでした」

ほっと息をついた。酒店の従業員から彼女のことが漏れた可能性を懸念していたが、彼が担当していたのならば問題ない。

麗文の言う通り、この部屋を担当しているのは、フィデルという名のフィリピン人男性であった。彼女をこの酒店に届け、そしてその去り際、彼を呼び出して重々気を配るよう注意した。絶対に彼女の存在を外に出すな、と。一〇〇〇HKドルを渡すと、陽気なフィデルは目を輝かせて口笛を吹いた。彼は信用できる人物だった。彼もまた、陳に頭の上がらない男であった。

気付くと、タバコの灰が落ちそうになっていた。新田は灰皿にタバコを捨てた。底が濡れているのか、ジュッという火の消える音がした。

新田は昨日の出来事を彼女に話して聞かせた。彼女が殴った王星偉《ウオンシンワイ》という若者と再会したこと。それも、葬儀屋の許志倫《ホイヂーロン》が住んでいるアパートで遭遇したこと。そして、星偉には有偉《ヤウワイ》という兄がおり、その兄が麗文の言う「指示を与えていた男」であろうということ。弟の星偉は兄に雇われただけで何も知らないということ——。

彼女は黙って耳を傾けていた。派手に車をぶつけられた、そう告げたところで、麗文は

「大丈夫ですか?」と不安げな表情を浮かべた。大丈夫です、そう答えると右肩が少し痛んだ。心配されると痛みは顔を覗《のぞ》かせるらしかった。

「麗文さん、星偉、あるいは有偉という名に聞き覚えはありますか?」

「いえ、ありません」

「巨明《ゴイミン》の口から出たことは？」

「それもありません」と、麗文《ライマン》は首を振った。

「何度も確認するようで申し訳ありませんが、あなたは彼らのことをまったく知らないのですね？」

「はい。あの日に顔を見たのが最初です」

「許志倫《ホイヂーロン》はどうですか？」

「え？」

「許を見たのも、あの日が初めてですか？」

「はい。恐らく初めてです」

麗文は少し怪訝《けげん》そうに首を傾けた。

「麗文さん、彼をどう思いますか？」

「え、どういう意味でしょうか？」

「彼があなたを訪ねた日のことを、もう一度思い出して欲しいのです。彼との会話を思い出して欲しいのです。どんな些細《ささい》なことでも構いません」

「サトルさん、それは許さんが――巨明の一件に何か関係しているということですか？」

「はい。俺はそう思っています」

新田は正直に答えた。彼女は太腿《ふともも》の上で拳を握り締めた。

「どう関わっているかまでは知りませんが、俺にはそう思えます。あなたを監禁していた王《ウォン》兄弟と同じアパートに住んでいるのも、偶然として片付けられません」

男人街《ナムヤンガイ》での、許の後ろ姿が強烈に印象に残っていた。尾行をまったく警戒せずに去って行った彼の姿。新田が許に対して強い疑問を持ったのは、それが最初だった。

「それならば」と、彼女が言った。「どうして許さんは、あなたに協力するような振りをしたのでしょう？」

「それはもちろん、あなたや俺の味方である、陳《チャン》の命令通りに動いている、そう思わせておく必要があるからでしょう。あのあと、俺は許と男人街で落ち合いました。どうして連中は扉を開けることを許したのか、そう訊ねると、彼は言いました。訪問者に応じた方がリスクは少ない、訪問者を帰す方が不審に思われる、と。単純ですが、そこには懐に潜り込み、こちらの反応を見ておきたい、そういう意味合いもあったのかもしれません。それを確認した上で、これからの態度を考慮しようというような。ひどく子供染みている気はしますが」

「なるほど……ですが、ご期待には副えないようです」

「つまり、許に不審な言動は見られなかった、あの連中とのつながりは見受けられなかった、そういうことですか？」

「ええ。時間も短かったですし、わたしの意識は潜んでいた男たちに向いてもいました。両者の関係性まで気が回らなかったようです。すみません、サトルさん。お役に立てず」

「いえ、謝る必要はありません。それはあなたのせいじゃない。では生前、巨明《ゴイミン》が許志倫《ホイヂーロン》の名前を出したこともありませんでしたか？」

「いえ、なかったように思います」

「そうですか」

許の後ろ姿にこだわり過ぎたろうか。確かに彼女ならば、異変を感じた時点で話してくれていたに違いない。しかし、それでも新田は許という男に疑問を抱いた。それは事実だ。そして、それは相当根強い。羅《ロー》刑事が彼の過去を調べたという話も、それをより強固にしていた。

新たにタバコを咥《くわ》えると、携帯電話に着信が入った。羅刑事だった。文城酒店《マンシンホテル》に到着したのだろう。

「今、取り込み中だ。ロビーで待っていてくれ」

簡単にそう答えた。彼に麗文《ライマン》を紹介する必要があった。借金の帳消し代わりに陳《チャン》が提示した護衛の件を、まだ羅に話せていなかった。

電話を切ったあと、新田は麗文を見つめて言った。

「麗文さん。張富君《ヂヨンフーワン》の娘、玲玲《レンレン》の葬儀に——どうして出席しなかったのです？」

3

麗文《ライマン》は最初ぽかんと口を開け、新田の言葉を反芻《はんすう》しているようだった。流れとは違った方向から飛んできた話に驚いているようでもあった。

「俺も玲玲《レンレン》の式に顔を出しました。許志倫《ホイヂーロン》を目にしたのはその時が初めてです。巨明《ゴイミン》とも同様です。こんなことを言うのも何ですが、巨明は非常に大柄です。だから俺は彼のことをよく覚えている。しかし、あなたのことはまったく記憶にない。巨明の横にいたはずのあなたの記憶がまるでない。もちろん、俺の思い違いということもあり得ます。だが、葬儀屋の許はこう言った。彼女は出席していなかった、と。何故ですか？」

　麗文は俯いたまま答えた。

「それが……巨明の一件と何か関係あるのでしょうか」

「いえ、俺の個人的な疑問です」

「答える必要がありますか？」

「必要はありません。ですが、できるなら伺いたい。あなたと巨明は当時、既に結婚していたはずだ。巨明が出席して、あなたは欠席するなど、陳小生《シウサン》が許すとは思えない。陳は参列するという行為自体を重んじます」

「……体調をひどく崩していたのです」

「恐らく、それも陳《チャン》は許さないでしょう」

麗文《ライマン》が黙り込んだ。新田は吸殻を灰皿に捨てた。また、ジュッという火の消える音がした。新田はしばらくの間、その灰皿を見つめていた。

「麗文さん、何か隠していませんか?」

「え?」

「ここに、誰か訪ねて来たはずです」

彼女の表情が少し強張《こわば》った、ように見えた。

「灰皿が濡れています。つまり俺が来る前、あなたは灰皿を洗った。誰かが使ったからでしょう。あなたはタバコを吸わない。誰ですか?」

じっと返答を待った。

「わたしは……何かしら注意力が足りないのですね」

「過去にあなたが注意を怠った覚えはありませんが」

「新聞の件です。あなたから電話があった際、わたしは『一紙あれば』と言いました。新聞など購読していないにもかかわらず」

「あれはミスなどではありません。現にあの若者は感づかなかった。的確な判断でした」

「サトルさん」

「はい」

「申し訳ありません。今日は帰って頂けませんか。お願いします」

彼女はベッドから立ち上がり、深く頭《こうべ》を垂れた。小さな両肩が震えていた。

やはり、彼女に何かあったのだ――。

しかし、何も言えなかった。

「分かりました。では、今日のところはこれで」

「……申し訳ありません」

彼女は依然、上半身を折ったままである。新田は立ち上がった。が、その足は扉の前でぴたりと止まった。

「麗文さん、多分、あなたは答えてくれないでしょう。ですが、一つだけ言わせてください」

彼女はゆっくりと顔を上げた。

「ここにいたのは――陳小生《シウサン》ですね？」

麗文は何も答えなかった。その顔には一切の表情がなかった。しばらく見つめていたが、彼女は表情どころか、指の一本さえも動かさなかった。扉を開けて、部屋をあとにせざるを得なかった。

ロビーに降りると、羅朝森《ローチウサム》刑事が下唇を嚙《か》みながら待っていた。目で合図を送ったが、彼は立ち上がろうとしなかった。しかし、不機嫌ではないらしい。双眸《そうぼう》から獰猛《どうもう》さが消え、何やら黙々と思考に耽《ふけ》っている、そんな珍奇な雰囲気を漂わせていた。

新田は羅の向かいのソファーに腰を下ろした。

「待たせたようだな」

「ああ、待った」

彼は重々しく答えた。その調子といい、悪態をつかないことといい、どうにも様子がおかしい。新田はタバコに火を点け、じっと観察した。

「おい、梁敏馳《リヨンマンチー》という男を知っているな？」

羅が不意に切り出した。

「梁敏馳？　どこかで聞いたような気がする。誰だ？」

「お前らの敵だろうが。それも知らねえで仕事をしているのかよ」

敵。その言葉で思い当たった。新田ら『回収側』ではなく、『スリ側』のことを羅は言っているのだ。

回収側とスリ側は何も対立している訳ではない。露店を併《あわ》せた三者共存の掟《おきて》に従った仲間である。しかし彼からすれば、互いに敵対しているように映るのだろう。訂正したところで素直に聞く人間ではないから、新田は触れずにおいた。

確かスリ側の古株に、梁敏馳という名の男がいたはずだ。確認すると、羅は頷いた。

「そうだ。骨はあるし、筋も通す。が、なかなか無茶な仕事もするって評判の男だ」

鮮明に人相は覚えていない。回収側とスリ側は互いに接触を持たない、これがこの世界の原則である。それでも梁敏馳の名は幾度か耳にした。羅が言うように、結構乱暴な手口でスリ行為に及んでいるらしい。観光客に怪我《けが》を負わせたという噂は、女人街《レディースマーケット》でも過去に囁《ささや》かれていたような記憶がある。

「その男がどうかしたのか？」と、新田は訊ねる。

「殺された。銃殺だ。ついさっき死体が見つかった」

「銃殺？」

「そうだ。巨明《ゴイミン》の奴と同じだ」

「偶然じゃないのか？」

「かもしれねえ。でもよ、どうにも納得がいかねえぜ。巨明の次に梁敏馳だ。お前ら回収側の次にスリ側だ。単なる偶然とは片付けられねえよ」

「まさか、同一犯だと？」

「いや、それはまだ分からねえ。ただ――」

「ただ？」

「どうにも同じ臭《にお》いがして仕方ねえ」

「臭い？　どういう意味だ？」

羅《ロー》の堅苦しい態度はこれが原因だったようだ。だが、憎まれ口が影を潜めると、かえって居心地が悪くなるのは不思議だった。

「巨明《ゴイミン》と梁敏馳《リヨンマンチー》に接触はあったのかよ？」と、羅が訊ねた。

「いや、ないはずだ。もちろん俺もない。あんたの言葉を借りれば『敵』同士だからな。互いに接触は持たない。それがルールだ。加えて、俺も巨明も単なる足だ。詳しくは知らないが、梁敏馳はそこそこの地位にいた男だろう？　俺たちの存在など気にもかけないだろう」

「そこそこ？」

「違うのか？」

「確かに古株だが、そろそろ干されるという噂もあったらしい。何せ、やり口がひどいからな。盗んだ相手に怪我を負わせた結果、警察沙汰《ざた》を避けて示談に持ち込んだって話も聞いたぜ。まあ、示談にするよう脅したんだろうがな。奴より上の連中からすれば、厄介払いができたってところか。逆に喜んでるかもな」

「それは初耳だ」

「それはそうだろう。お前らみたいな下っ端《したば》にまで下りてこない話さ。陳《チャン》の野郎もそう言っていた」と、羅は少し笑いを含ませた。

「陳に報告したのか？　梁敏馳のこと」

「したぜ」

「電話に出たのか？」

「当たり前だろうが。あの野郎が電話に出ねえことなんてねえよ」

それは否定できなかった。陳は早朝だろうが深夜だろうが応対に出る。しかし今日、正午前に自宅から連絡を入れた時は違った。珍しいなと首を傾《かし》げたが、よく考えてみると初めてのことかもしれなかった。そして、羅の電話には応えたと言う。改めて首を捻《ひね》らざるを得なかった。

「そうか。陳が俺たちのことを足だと言ったんだな？　下っ端だと言ったんだな？」

新田は皮肉を返した。羅が「ちっ」と控えめに舌を打った。

「巨明と梁敏馳に接触はない、陳はそう言ったんだな？」

「ああ」

「だとしたら、絶対にない」新田は強く言い放つ。「しかし羅刑事、それでもあんたは二つの事件に同じ臭いを嗅《か》いだ。そういうことだな？」

「まあな」

「聞こう。続けてくれ」

「同じなんだよ、事件後の状況がな。今回もうちの所轄じゃねえが、また緘口令《かんこう》が敷かれているようだ。どうにもそんな気配がある」

「梁敏馳《リョンマンチー》はどこで見つかった？」

「荃灣《ツェンワン》の辺りだ」

　旺角《モンコック》よりもずっと北の住宅地帯だった。

「覚えてるか？　オレが言ったこと。上の連中、何か企んでいるかもしれねえって」

「覚えている。上の連中というのは警察幹部のことだな？」

「ああ。二つの事件に奴らが絡んでいるんじゃないか、そう思えて仕方ねえんだよ。下手をすりゃ、裏で糸を引いているのは奴らかもしれねえ」

「何だって？　警察が？」

「そうだ」

「それはまた飛躍的な考えだな」

「考えだと？　違うな。刑事の勘だ」

　堂々と言い張る羅《ロー》に、新田は苦笑を零した。勘の方が余程信用できないと思うが、彼はそうではないらしい。日本人ならばトヨタを直せる、その論理の方がまだ信憑《しんぴょう》性がありそうだった。

「あんたの勘が正しいとして、警察は何故そんな真似をする？」

「さあな、そこまでは分からねえよ」

「あんたの勘も大したことないな」

「ふん、オレだって思うところはあるんだ。そうじゃなきゃこんなこと口にしねえよ」

「ほう。それを聞かせてくれ。あんたの思うところとやらを」

羅は一つ息をつき、そして答えた。

「お前が言っていた廉政公署《れんせいこうしょ》だよ」

「廉政公署？」新田は訊ね返す。「公的機関の腐敗や汚職を取り締まる機関だったな」

「ああ」

「その廉政公署が、どうして巨明《ゴイミン》や梁敏馳と関係する？」

「勘の鈍い野郎だな」

そう吐いておきながら、羅はそれ以降口を噤《つぐ》んだ。何を訊ねてもまったく答えなかった。自分で考えろと言いたいのか、あるいは羅自身、口にしたはいいが、思うところがまだまとまっていないのか。仕方なく新田は、「まあいい」と話を切り替えた。

「ならば、任家英《ヤムガーイン》は警察の人間ってことだな」

「任家英？」と、羅は繰り返した。「お前に調査を頼まれていた奴か」

「あんた、まさか忘れていたんじゃないだろうな？」

「忘れてねえよ。まだ何も正体がつかめてねえだけだ」

「言い訳をするな」

「ふん、オレの一番の関心は今、ぶっ壊された愛車の方にあるのさ」

「羅《ロー》刑事、俺は陳《チャン》と交渉して、あんたの借金を帳消しにするよう頼んだ。あんたもするべき仕事はすることだ。でなければ、俺もあんたも陳に歯を折られることになる。この際だから念を押しておこう」

「お前に言われなくとも分かってるよ。任家英《ヤムガーイン》については色々と当たっている。忘れていた訳じゃねえよ。オレを信じろ」

「――いいだろう」

「オレもこの際だから言っておくぜ。お前の方こそ何か忘れてねえか？　陳の野郎がおかしなことを言ってやがった。麗文《ライマン》の様子はどうだってな。麗文ってのは巨明《ゴイミン》の嫁だったな。監禁状態にあった嫁だろう？」

しまった。遅かったか。

まさか直接、陳の口から麗文の名が出るとは思わなかった。が、後悔してももう手遅れだ。またいくつもの言い訳を考えた。背筋に緊張が走る。陳が電話に出ないのはこのせいだろうか。いや、いくら何でも陳はそれほど単純な男ではない。そんな馬鹿げたことをふと思う。羅刑事の勘をどうのこうの言えた義理ではなかった。

「へっ、これは貸しにしておいてやるぜ。ちゃんと話は合わせておいてやった。麗文は何も問題ないってな」

羅はいつものように鼻を鳴らした。

彼の言う通り、大きな貸しだった。

4

先に麗文《ライマン》の自宅へ寄った。許志倫《ホイヂーロン》のアパートはその北にあるため、文城酒店《マンシンホテル》からはその方がロスせずに済んだ。

羅朝森《ローチウサム》刑事の車はひどく綺麗だった。「代車だよ」と彼はぶっきらぼうに話したが、愛車よりも高級な代車を運転する心境は複雑なものらしい。彼の顔がそう言っていた。

佐敦道《ジョーダンロード》に車を停めた。アパートの周囲に怪しい人影はないようだ。それでもいくらか警戒しつつ、五階へとエレベーターに乗り込んだ。

「巨明《ゴイミン》の家に行って何をしようってんだ?」と、羅が訊ねる。

「確かめたいことがある」

扉は施錠されていなかった。新田は首を傾げつつ足を踏み入れ、奥へと進んだ。遅れて羅が続く。

濃密な空気が塊となって滞留していた。あの日から、外気はほとんど入っていないのだろう。むせ返りそうになった。新田も羅も、額には一気に汗の玉が噴き出していた。

「何だよ、綺麗なのか散らかっているのかどっちだよ」

リビングを見渡すなり、羅《ロー》が言った。その表現は間違っていなかった。麗文《ライマン》をここから連れ出す際、新田はとりあえず散乱していたものを端に寄せた。床の一角に様々なものが山となって置かれている。あの時のままだった。

王星偉《ウオンシンワイ》を放置した寝室へ移動する。こちらもやはり同様だった。

「羅刑事、どう思う？」

「どう思うって？」

「俺が彼女を連れ出した時のままだ。そこから人の入った気配がない」

「当たり前だろうが。ここに麗文はいねえんだからよ。星偉にしたってもう面が割れてる。下手に動けねえよ。兄貴だって似たようなもんだ。ちっ、あの野郎、絶対に許さねえ。オレの車を壊しやがって」

「兄の有偉《ヤウワイ》があの車を運転していたのか？」

「それ以外に考えられるかよ」

「だが、弟は知らないと言っていた」

「ふん、あのチンピラはすぐに気を失ったんだぜ。車なんて見ちゃいねえよ」

車を明確に覚えていない、という点では新田も同じだった。確かに羅の言う通り、兄の有偉がハンドルを握っていた可能性は大いにある。弟と同居しているのだ。異変も察知できたであろう。

「あの兄弟が入ったと言っているんじゃない」新田は言った。「ここに入ってしかるべき人間の痕跡《こんせき》がまるでない。俺はそれを懸念している」

「しかるべき人間?」

「あんたの『思うところ』だよ」

「——お前、まさか」

羅はすぐに察したらしい。新田は頷いた。

「警察の人間が入った形跡がまるでない。扉の鍵《かぎ》はかけられていなかった。開いていた。つまり、意識を取り戻した王星偉が出て行ったあと、誰も中に入っていない」

羅は酒店《ホテル》のロビーで見せたように唇を噛み、乱暴に額の汗を拭った。

「あんたが『思うところ』を喋った時、俺はそんな馬鹿なと思った。警察が絡んでいるとは疑いもしなかった。だが、あんたの話を聞いて思い直した。そう言えば、警察に動いている様子がまるでないとな。麗文さんをここから連れ出す時、巨明《ゴイミン》の遺体発見以降、警察から何も連絡がない、と彼女は言っていた。殺人事件にもかかわらずだ。それに、巨明と比較的親交があった俺の前にも現れようとしない。星偉を連れて陳《チャン》のオフィスに行った時もそうだ。オフィスに警察が訪ねて来た気配が感じられなかった。その時は特に不審に思わなかったが、あんたの話でここも確かめてみたくなった」

「へっ」と、羅《ロー》が唇を舐めた。「警察は巨明《ゴイミン》の身元を既に知っている。ならば、ここに来るのが常道だってか」

「ああ、たとえ彼女がいないにしてもだ。しかも扉は開いたままだ。訪ねていれば不審に思わないはずがない」

「ふん、やっぱりそうかよ。オレはずっと疑問に思ってたよ。巨明にしても梁敏馳《リヨンマンチー》にしても、捜査状況が一向に分からねえってことがな。厳しい緘口令のせいだろう、もちろんそう思っていたさ。確かにそれが大きな要因ではある。でもな、オレはこうも勘繰っていたのさ。情報が何もねえのかもしれねえってな。新聞に続報が載らねえのは圧力がかかっているんじゃねえ」

「掲載する捜査情報がないってことか」

「まともに捜査をやってねえってことだよ。緘口令も何も、そもそも捜査自体が適当なんだよ。担当の刑事に当たってても、緊張がまるで伝わってこなかった。のらりくらりしてやがる。ちっ、上の連中に飼われた刑事ばかりが現場に送り込まれてるぜ」

「つまり、警察が一枚噛んでいる」

「そうだ」

「以前、あんたが言っていた可能性はないのか？　陳《チャン》の手かどうかは別として、警察に圧力がかかっている可能性は。捜査をするなと」

「ふん、もし陳の野郎の仕業だったら、オレは賞賛してやるよ。上の連中よりも更に上を行く陳をな」

「警察はそれほど腐っているのか」

「おい、舐めるなよ。刑事たちはそんな柔じゃねえ。単独でも捜査に当たるような真面目《まじめ》な奴がほとんどだ」

そうだ。ここの人間はみな真面目に働く。まだ地位を持たない野心のある人間は特に。

「だが、命令を無視して捜査に奔走する刑事が誰一人いねえ。つまりは、上の連中に尻尾《しっぽ》を振る奴らが捜査してるってことさ」

「廉政公署《れんせいこうしょ》か」と、新田は呟く。

「その意味が分かったのかよ？」

「いや。あんたは分かっているのか？」

「当たり前だ。オレが言ったんだぜ」

口にしながら、羅は視線をやや逸らす。どうやら本人もまだ、「思うところ」に結論が出ていないらしい。新田は軽く苦笑した。

改めて室内を見回す。所々老朽しているのは否めないが、清掃は行き届いている。新田の自宅よりも格段に綺麗だった。

「おい、エアコンを点けるぜ。暑くて敵《かな》わねえ」

どこから探し出してきたのか、羅《ロー》の右手にはリモコンが握られていた。

一角に集められた数々の物をざっと眺める。麗文《ライマン》を監禁していた王《ウオン》兄弟は、一体何を探していたのか。そしてそれは、巨明《ゴイミン》の事件とどう関わっているのか。

「あんた、許志倫《ホイヂーロン》の連絡先を知っているな？　昔、調べたことがあると言っていた」

「ん？　葬儀屋の電話番号しか知らねえよ」

「かけてみてくれ」

「今か？」

「ああ、今だ」

「ふん、奴が巨明の事件に絡んでいるってか。お前はそう睨《にら》んでいるんだったな？」

「許は王兄弟、いや兄の有偉《ヤウワイ》とつながっている、俺はそうも思っている」

「まあ、否定はしねえよ」

羅の右手に、今度は茶の入ったペットボトルがあった。冷蔵庫から取り出したらしかった。

「ちっ、啤酒《ビール》くらい置いておけよな」

「あんたはここの住人じゃない。勝手な真似はするな」

「いいじゃねえか。固いこと言うなよ」

羅はボトルを傾けつつ、携帯電話のボタンを操作した。そして、「出ねえな」と首を振った。

新田は財布から一枚の名刺を抜き出した。

「今度はそっちだ。許の携帯電話の番号だ」

「何だよ、知ってるならお前がかけろ」

「許と王兄弟に関係があるとすれば、さすがにあの兄弟から、こちらの動きは伝わっているだろう。俺だと警戒するかもしれない。だからあんたに頼んでいる。まあ、応対するとは思えないが」

「ふん、これで奴が電話に出たら馬鹿正直にもほどがある」羅が再びボタンを押し始める。

「まあしかし、どうにも行動がちぐはぐな連中だから、案外……ん、呼び出し音が鳴らねえ。電話を切ってやがるか、あるいは番号を変えたか」

電話を切った羅は、またボトルを口へと運んだ。

「羅刑事、巨明と麗文に、両親か兄弟姉妹はいるか？」

「は？　知らねえよ。そんなことお前の方が詳しいだろうが。身内なんだからよ」

「いや、俺も知らない。身内でもそんな話は滅多にしないからな。陳《チャン》がそれを好まない」

「どうしてだ？」

「必要以上に距離が縮まるからだろう。葬儀の席で家族構成を初めて知った、そんな例も多くあった。陳は儀礼を重んじる。しかし、不必要に仲間同士のつながりを強めるような真似はしない」

「ふん、そうして謀反《むほん》でも起こされたら事後処理が大変だって？　あの野郎の考えそうなことだな」

「俺と巨明《ゴイミン》は例外だ。自宅を訪ねたことのある仲間は巨明の他に何人もいない」

「そうなのかよ」

「ああ。しかも、俺が訪ねたのはほんの数回だけだ」

「ふうん。で、親兄弟がどうしたって？」

「写真が一枚もない」

「はあ？」

「二人に子供はない。しかしそれにしても、一枚の家族写真もないのはどういうことだ？」

新田の視線は部屋の一角に注がれている。その山の中にアルバムらしき冊子を探したが、見当たらなかった。傍らの書棚に並べられていたであろう書誌は、すべて床の山を構成している。書棚は空である。

「羅《ロー》刑事、あんただって家族写真の一枚や二枚、持ち歩いているだろう？」

羅が反射的に右手を尻のポケットに回していた。

財布の中、か。羅の家族構成はまったく知識にないし、また、新田は興味もなかったが、彼には大事な人がいるらしい。羅の戸惑った顔からもそれは判断できた。正直な男だ。

「お前はどうなんだ？」

きっと照れ隠しだろう、羅はいつもの調子で口元を歪《ゆが》めた。

「俺は持っていない。家族がいない」

「いない？」

「こちらに来る前に失ってしまった。いや、奪ってしまった」

「は、奪って？」

「そうだ」

正直に答えた。話はこれで終わりだ、そんな意思を新田の口調から感じ取ったのか、羅は「ちっ」と舌を打って返すだけだった。

「そろそろ出よう」と、新田は言った。

「あ、ああ……」

羅は半分ほどペットボトルを空け、新田に向けて放り投げた。冷蔵庫に戻しておいてくれ、そう言いたいらしかった。

他人の飲み差しを戻すほど、新田は無神経ではない。キッチンにボトルを置いた。

中の液体が波打っている。しばらくその波と容器を見つめ続けた。

新田の脳裏には維多利亞灣《ヴィクトリアハーバー》が浮かんでいた。そしてそれは、文城酒店《マンシンホテル》で麗文《ライマン》が出してくれたボトルと重なり出す。

彼女は何を隠している？

新田がこの部屋を訪ねたのは、実はそれが第一の目的だった。

彼女は確かに泣いていた。巨明《ゴイミン》の死を嘆いてのことではない、そんな気がした。巨明のために涙を流す時間などいくらでもあったのだ。何も今日突然である必要はない。

そして多分、その涙の傍《そば》には陳小生《チヤンシウサン》がいた。あの酒店《ホテル》を知っているのは三人のみである。新田、羅《ロー》刑事、陳。そのうち新田を除いて、彼女が招き入れ、なおかつ灰皿を出す者は陳以外にあり得ない。そもそも羅はタバコを吸わない。陳と麗文《ライマン》の間で、どんな会話が交わされたというのか。更に言えば、彼女が玲玲《レンレン》の葬儀に出席しなかったという事実も――。

「おい！」

羅の大声が思考を中断させた。彼は慌てた様子でキッチンに駆け寄り、先程のボトルを手に取った。まだ喉《のど》が渇くのかと呆れたが、そうではなかった。彼はボトルを逆さにし、液体をすべてシンクに流した。

「何か入ってるぜ！　何かが動いた」

空になった容器の中に、何重にも輪ゴムで巻かれた繭《まゆ》のような筒状の物が転がっていた。羅が思い切りボトルを振った。キッチン周りに水滴が飛び散ったが、まるでお構いなしだった。

シンクにぽとりと落ちた。羅はボトルを放り投げ、その輪ゴムを解き始めた。

輪ゴムを取り除くと、同様に筒状に丸められたナイロン袋があった。そこから、釣りで使用されるらしき錘《おもり》が転がり落ちた。その錘を覆うような形で袋は巻かれていた。

「何だこりゃあ」

羅は袋を平面に伸ばしていく。

袋の中には一枚の紙が入っていた。至る所に皺《しわ》が走り、何やら文字が書かれているが判読し辛《づら》い。左上には白黒の写真がプリントされている。

その顔だけはすぐに分かった――許志倫《ホイヂーロン》だった。

「おい、許志倫だぜ！　何故これがこんなところにある！」羅が叫ぶ。「オレはこれを昔に見たことがある」

「昔？」

「ああ、今から一年半ほど前のことだ」

「あんた、許の何を調べていた？」

「何って、前に言ったろうが。あの男が陳の野郎に歯を折られた理由だよ」

「その理由は何だ？」

「それも話したぜ。はっきりとは分からなかったってな」

羅の顔がみるみる歪んだ。異様なほどだった。そこにあるのは何だろうか。「はっきりとは分からなかった」彼はそう言った。つまり、羅なりに推測は立っている、そういうことだろうか。それがこの表情なのだろうか。

新田は袋に入ったままの用紙を羅《ロー》から奪い取った。

「羅刑事、許《ホイ》の泣き所を知っているか？　あんたが過去に調べた結果、それをつかんだか？」

「え？」

「二日前、あの男は俺にこう言ったよ。お金じゃない方だと。つまり、女性だ。それに間違いないか？」

「——女？」

「ああ」

「間違いねえよ。ただ——」

羅が歯を軋《きし》らせながら俯いた。

「ただ、何だ？」

羅はキッチン台に激しく一度、拳を叩きつけた。

「あの野郎の女ってのはな——少女なんだよ！」

二〇一〇年　冬　許志倫《ホイヂーロン》

1

電気を消した。

小さな窓から零《こぼ》れ落ちる月明かりが白い床を照らし出す。そこには幾筋かの黒い影が縦に走っている。格子窓が作る影だった。

許志倫《ホイヂーロン》は、その切り取られた月光をぼんやり見つめていた。簡易ベッドに腰かけ、背は壁に預けている。ジャージにパーカー姿。この季節の格好として十分であるはずなのに、何故か今日は肌寒く感じられ、許は両足の膝《ひざ》をぐっと抱え込んだ。

あの日も確か——こんな寒々しい月夜だった。

二十五歳を迎えた数日後だったと、許は記憶している。だが、定かではない。覚えているのは、輪郭のぼやけた月が上空にあったことと、目の前に突然、彼女が現れたということ——。

彼女――自宅からそう離れていないアパートの二階に住む「女神」だった。

彼女を初めて目にした時の衝撃を、許《ホイ》は今でも忘れない。葬儀の仕事を終え、夕食を食べて帰ろうかと、彌敦道《ネイザンロード》を歩いていた時のことであった。

日はとっぷりと暮れている。しかし、ある一点だけが強烈な光を放っていた。許は思わず目をつむった。派手なネオン看板か、あるいは電化製品の店頭告知か。

再びゆっくりと目を開けた。やはり、眩《まぶ》しい。許は右手をかざした。あまりに膨大な光の粒に、その中心にあるものが見て取れない。何度も瞬《まばた》きするが、おぼろげに輪郭らしきものが映るだけだった。

と、肩に衝撃がきた。

「おい、邪魔だ」

追い抜かして行く男の背中が、許の眼前にあった。

驚いた。怒鳴られたことにではない。男がこの光に気付いていないことに対してだ。許は慌てて脇に寄り、周囲を眺めた。

おかしい。溢《あふ》れるほどの人いきれ。だが、誰一人としてこの光を感じていなかった。

何故だ？　こんな神々《こうごう》しいとも言うべき光を感じないなんて――。

神々しい？

許は呟《つぶや》いた。そうだ、これは神の光ではあるまいか。いや、きっとそうに違いない！

これは断じて、看板が放つような人工的なものではない！

葬儀の席で一度も体験したことのない光だった。神へ召されるはずの、いや、仏であろうが何でも構わない、その亡骸《なきがら》にこの輝きを見たことはない。この仕事に就き、許は幾人もの死者を弔った。しかし、たったの一度も体験したことのない煌《きらめ》きだった。

許は笑った。そうか、あれらの亡骸は神や仏に召されている訳ではないのだな。

何故なら――神はここにいる。目の前にいる。

――女神だ。

そう思った。じっと凝らした視線の先に、女性らしきなだらかな曲線が浮かび上がっていた。

小柄な女神だった。

彼女は満面の笑みを湛《たた》え、何やら話し込んでいる。恐らく相手がいるのだろうが、許の目にはまったく入らない。

彼女は制服姿であるらしい。が、それにも何も疑問を抱かなかった。むしろ、女神はこういう衣をまとっているのだ、と感心したほどである。

彼女が歩き出す。許はあとを追う。どれだけ離れていようがすぐに分かる。どうやら、あの光は自分にしか見えないらしい。その思いが許を高揚させていた。彼女が茶居《カフェ》に入れば、ああ、女神も食事をとるのかと思い、薬房《ドラッグストア》に入れば、ああ、女神も化粧をするのかと驚き、いちいち感嘆しきりであった。

そうして彼女は更に歩き続ける。

危うく声を上げそうになった。彼女は許《ホイ》の自宅の傍《そば》を通り過ぎたのだ。彼女の家、女神の住み家はこの近隣にあるというのか。

何という偶然だ！

許は喜んだ。この運命的ともいうべき遭遇に感謝した。

これはきっと、ご褒美なのだ。真面目《まじめ》に仕事をこなしてきた自身へのご褒美なのだ――許の唇から、止めどなく微笑が零れ落ちていた。

彼女は建物の中へ入って行く。許が家族と暮らすアパートと似たような造りである。

これが女神の住み家――。

ひどく庶民的なのだな、と許はびっくりした。何もこんな場所を好き好んで――路地沿いの二階の一室が光を放った。窓ガラス程度で曇る輝きではない。下から見上げると、まるで太陽を浴びているかのように感じられた。

彼女の部屋は、そこか。

女神にも名前はあった。彼女の姓はその日に知った。胡《ウー》というらしかった。玄関口に並んだ郵便ボックスには、「胡凱《ホイ》」という軍人のような名前が書かれていた。

「紅紅《ホンホン》」という名を知ったのはその数日後だった。誰かにそう呼ばれ、振り向く彼女がいた。

紅紅。何て素敵な名前だ！

許は仕事に精を出した。一心に打ち込んだ。彼女のことを想《おも》いながら。これはご褒美なのだから。

仕事が終われば、あの住み家へと急ぐ。あの部屋に光がなければ、輝くのを待つ。帰って来るのを待ち続ける。

そして、少しずつ距離を縮めていく——。

そんな日々が流れた。

許志倫《ヂーロン》は確かに幸せだった。

許は立ち上がり、格子窓の下まで移動した。そこから月を眺める。

あの日もこんな月夜の晩だった——。

あの夜、女神は路地の角から突然現れた。

「あなた、何のつもり？　家の周りをうろつかないでよね。気持ち悪いのよ！　あたしに近寄らないで！」

許は今でも不思議に思う。すぐ目の前に現れるまで、どうして彼女の放つ光に気付かなかったのか。部屋を見上げていたせいか、あるいは時に、彼女は光を消すことができるのか——とにかく、分厚い遮光カーテンか何かの中から飛び出して来た、そんな印象だった。

「ねえ、どういうつもりよ！」

彼女は多分そう言った。

許《ホイ》の目が光に眩《くら》んでいた。彼女はやはり輝いていた。煌いていた。

「何とか言いなさいよ！」

許はゆっくりと右手を動かした。

光に触れてみたい——痛切にそう思った。手を伸ばせば届く距離にある。これほど接近したのは初めてのことだった。

「何するのよ！　触らないで！」

思い切り手を弾《はじ》かれた。

何が起こったのか分からなかった。

光が自分を跳ね返したのだろうか？

ならば、もう少し力を込めて——。

「触らないで！」

まだ足りない？　もっと力が必要なのか。

よし、と許は頷《うなず》いた。

それならば、もっと強く！　強く！

そして、光の中へ！

何かが弾けた。

甲高い音と唸《うな》るような低い音が重なり、爆発が起こった。

包まれた――光に包まれた。

とうとう自分は光と一体になったのだ！

女神と一体になったのだ！


光の粒と渦が消えると、許はこの部屋にいた。

この格子窓の部屋にいた。


数ヶ月、いや、数年ぶりなのだろうか。

出迎えにやって来た両親はひどく疲れて見えた。痩《や》せたのか、年を取ったのか、とにかく体が萎《しぼ》んで映った。許は分かっていた。その原因が自分にあることを。父は母の肩を抱き、険しい顔で息子を見つめている。しかし、その視線は曖昧《あいまい》だった。揺れ動いていた。

「お世話になりました」と、両親が頭を下げた。

「いえ、もう大丈夫ですよ」

先生がにっこりと笑って答えた。物腰の穏やかな、父よりも若い紳士である。

「彼は非常に真面目です。生活態度も申し分ない。ご心配なさらず」

両親は黙っていた。信じてよいものだろうか、二人の目はそう語っていた。が、そんな両親に対して怒りはなかった。何より許《ホイ》自身、先生の言葉を鵜呑《うの》みにしてよいものか、首を捻《ひね》りそうになったのだ。

「彼は理解しています」と、先生が言った。「じっくりと時間をかけて話し合いました。その中で、私は彼に告げました。悩みましたが、彼が一体何をしたのか、どうしてここにいるのか、私は正直に話すことにしたのです。彼はひどく後悔していましたよ。彼は善悪を理解できる人間です」

——後悔？

いや、多分そうなのだろう。先生から許自身が何をしたのか聞かされた時、他人の言葉であの日の行動を説明された時、何てひどいことをする人間がいるのだと、まるで他人事《ひとごと》のように怒りを露《あらわ》にした。しばらくの間、許は、その蛮行を自らの行為と結びつけることができなかった。

あの時の記憶は抜け落ちている。記憶の中に深い穴が開いている。しかし、他人の口から語られるあの日の描写は強烈だった。鮮烈だった。自分が犯した愚行とは俄《にわ》かに信じられなかった。が、それでもこれは犯罪だという認識だけは確かにあった。自分は罪を犯したのだ。

そして、自分のいる場所が刑務所ではなく、治療施設であることも、許は分かっていた。それが意味するところも痛いほど理解していた。だから両親はこんなにも弱々しく、萎んでも見えるのだろう――。

「本当にお世話になりました」

両親は最後にまた深々と頭を下げ、茶封筒らしきものを先生に手渡した。先生は澄ました顔で一度頷いた。

待たせていた的士《タクシー》に乗った。続いて両親も座席に座り、先生に見送られながら施設をあとにした。

車中、許は先生の言葉を反芻《はんすう》していた。

自分は本当にもう大丈夫なのだろうか？

彼女は女神ではない――先生から何度も諭《さと》された。そうなのだと納得した。だが心のどこかで、また会えるのではないか、そう思う自分がいるような気がしてならなかった。そんな自分が完全に消えたのかどうか、許はまだ自信がなかった。

家に戻るものだと思っていた。しかし、的士が止まったのはまったく知らない古びた建物の前だった。位置的には旺角界隈《モンコックかいわい》であろうか。

両親はその建物の二階へと昇って行く。許に向かって、ついて来いと手で示す。塗装のはがれ落ちた扉の前、父親は一度深呼吸してからノックした。

開かれた扉の向こうで、一人の男が微笑《ほほえ》んでいた。父親よりもずっと若い男だった。

「何卒《なにとぞ》、息子をよろしくお願いします」

声と体を震わせながら、父親が頭を低く垂れた。

「君が許《ホイ》さんの息子か」と、男が言った。

それが——陳小生《チャンシウサン》との初めての出会いだった。

2

「いいか、許志倫《ホイヂーロン》。これは病死だ。分かったね?」

陳小生《チャンシウサン》から命ぜられた最初の仕事だった。明らかに他殺であり、胸に刃物の刺し傷が数箇所あった。それでも陳はそう言った。

「何だ、不服かい?」

「いえ、そういうことでは……」

「彼は仲間の一人なんだ。少しばかり気性の荒い男でね、よく問題も起こしてくれた。僕も彼には手を焼いたよ」

「はい」

「でも、病死だ」

「……はい」

「繰り返せ」

「彼は病気で死にました」

「うん、それでいい」

陳という男は不思議な人物であった。底の知れない人物であった。どうやらいくつもの仕事に手を出しているらしく、そして、そのどれもが成功しているようだった。

何人もの人々が彼に頭を下げにやって来る。数ある仕事の内容や、彼に頭を下げる理由は聞かされなかったが、とにかく、陳の周りには情報と紙幣が無数に集まってくる。それは驚愕《きょうがく》に値するほどだった。

そんな陳の元で、許は懸命に働いた。その仕事振りに、父はほっと安心したのだろうか、急に病で倒れ、入院生活を余儀なくされてしまった。痩せ細った体を目にするのは忍びなく、また、その原因が自分にあることを考えると、許の心は痛んだ。それなりに責任も感じていた。これ以上、両親に迷惑をかけられなかった。

そう思えるのであれば——もう自分は大丈夫だろう。

許は父の跡を継ぎ、寸暇を惜しんで仕事に励んだ。陳に命ぜられるまま確実に、着実に葬儀をこなした。

陳はその働きを評価してくれた。許は素直に喜んだ。そして、亡骸を相手にするのは天職かもしれない、そうも感じ始めた。

陳《チャン》は一度も許《ホイ》の過去について触れようとしなかった。父は、「陳さんは懐の深い人だ」と口癖のように話していた。そして、「何も聞かずにお前を受け入れてくれた」とも言っていた。

それが事実であるとすれば、陳は、許が犯した行為について何も聞かされていないことになる。だが、その判断は難しいところだった。陳ほどの男であれば、調べようと思えばすぐに情報は集まるだろう。いや、情報自らが陳に寄ってくるだろう。

しかし、陳はそれらしい素振《そぶ》りを見せず、ただ淡々と仕事を指示し続ける。

そんな陳を、許はじっと観察した。別に情報や金が欲しいのではない。そのからくりを解きたいとも思わなかった。ただ、どうやら彼の持つ「力」に惹《ひ》かれる自分はいるらしい。陳と時間を過ごす中で、許はそんな自分を発見しつつあった。物事を隠蔽《いんぺい》する力、いや、変えてしまう力、だろうか。例えば他殺を病死にしてしまうような力、その正体は知りたい――。

「許、お前、何を考えているんだい？」

知らぬうちに陳を見つめていることがよくあった。陳は厳しい視線を寄越し、首を傾けた。

「僕に訊《き》きたいことがあるのなら、はっきり言えばいい」

「いえ」

「僕はお前の仕事振りを高く買っている。だから、ほとんどの葬儀をお前に任せた。よくやってくれていると思うよ。でもね、その目つきはいけない。葬儀の席でその目を浮かべたら、お前は終わりだ。その目は遺族を不快にさせる。分かったね？」

「はい、分かりました」

「お前を引き取る時、僕は親父《おやじ》さんから、『何も訊かずに面倒をみてやって欲しい』と懇願された。僕はお前の親父さんを信用している。これまで何度も世話になった。だから、その条件を飲んだ。けれど、代わりに僕からも一つ条件を出した。初めて口にするが、この際だから言っておこう。くれぐれも肝《きも》に銘じておくんだ。何か事が起こった場合、お前の処分は僕次第だ。僕の一存ですべてが決まる。どんな処分を与えても構わない、親父さんはそれを承知してくれた。その意味は理解できるね？」

「はい」

「つまり、場合によっては、お前自身の葬儀を執り行う羽目にもなり得る、そういうことだよ」

「……はい」

「許」と、陳の目が鋭く冷えた。「僕のことをちらちら見ているようだけれど、お前は僕のようになりたいのかな？」

「いえ、決してそんなことは――」

「なりたいと思うのならばそうすればいい。その時は正々堂々と挑んでくることだ。僕は卑怯《ひきよう》な人間が嫌いだからね」

陳《チャン》に頭を下げた。長い間、下げ続けた。上半身を深く折りながら、許《ホイ》は父親のことを考えていた。まさか、そんな条件を承服しているとは――。

しかし、腹は立たなかった。腹を立てようにも、父親はもう寝たきりになっていたし、その数ヶ月後には、父は亡くなってしまった。

そして何より、許自身の心が変化していた。自分はもう一度のミスも犯さない、犯すはずがない、そう思っていた。

もう、大丈夫だ。

――嘘《うそ》だった。

自らの手で父親を厳粛に弔った時、許は足が震えた。地面が裂けたのかと思うほど全身が揺れた。

まさか、そんな――。

参列者の中に、あの光を見たのだった。再び「女神」を目にしたのだった。

その「女神」はどうやら、張富君《チヨンフーワン》の隣にいるらしかった。

そして――二〇一〇年、冬。

許は祈るような思いで携帯電話を握り、李伊朋《レイイーパン》を呼び出した。麻薬の売人である。以前、秘密裏に彼の姉の葬儀を頼まれたことがあり、それからの付き合いだった。

許自身、薬に手を出したことはない。だが、李伊朋は許の執り仕切る式を気に入ったらしく、公《おおやけ》に葬儀を行えないような裏の人間をその後も紹介してくれ、連絡を取り合っていた。彼からすれば、その度に紹介料が手に入るため、ビジネスの意味合いが強かったのだろう。

「あんたか」と、李伊朋はすぐに電話に出た。「どうした？　えらく慌てているな」

「李さん、お願いがある」

「誰も死んじゃいないぜ。紹介する死者を増やせって言われても、さすがのオレでもそれは無理だ」

「違う。仕事のことではないのです」

「ん、あんたもついにドラッグを欲しがるようになったのか？　あんたには世話になった。安くしておくぜ」

「薬など私には必要ありません」

「ほう、言ってくれるね。じゃあ何だ？」

「林秋雲《ラムチャウワン》という男を知っていますね？」

「は、林秋雲？　ああ、あの中毒患者か」

「ええ、あなたの得意客の一人」

「得意客か」と、李伊朋《レイイーパン》は笑い声を上げた。「まあ、そう言えるかもな。でも、あいつはもうすぐ身を滅ぼすぜ。明らかに末期症状だ」

「でしたら、彼が身を滅ぼす前に教えて欲しいのです。彼の連絡先を」

「連絡先？　聞いてどうする？」

「一〇〇〇〇HKドル払います」

「太っ腹だな。つまり、その額には——」

「理由を訊《たず》ねないことと、この電話はなかったことにする、その二つを含んだ金額です」

「緊急事態、か」

「ええ、急いでいます」

李伊朋はしばらく黙ったあと、「いいだろう」と了解した。

「あんたには儲《もう》けさせてもらっているからな。それくらい飲まなければ罰《ばち》が当たるってもんだ」

「お願いします。本当に急いでいるのです」

そうして彼は林秋雲の番号を告げた。

「確認しておく。あんたが何をしようとしているのか知らないが、オレに被害が及ぶことはないな？」

「はい、もちろん。あなたにはまったく関係のない話です」

「よし、あんたを信じよう」

電話を切ったと同時に、今度は教えられた林秋雲の番号を押した。時刻は午前二時を回っている。早く出ろ、早く出ろ。許《ホイ》は呼び出し音を聞き続けた。

「……誰だよ？」

十コール以上のあと、電話は取られた。

「林秋雲か？」

「あんた誰だ？　こんな時間に」

「誰でもいい。儲け話がある。乗るつもりはないか？」

「儲け話？」

林秋雲の声が面白いほど変化した。

「そうだ。おまけに楽に儲かる」

「へえ、今日はついてるな」

「ん？」

「ついさっき、一〇〇〇〇HKドルもらったところでね」

「誰に？」

「知らない男だよ。突然訪ねて来て、今日のことを黙っておけってよ。紙幣か拳《こぶし》か選べってさ」

「今日のこと？」

「そう。女の子が飛び降り――あ、言っちまった」

「君のアパートの屋上から少女が飛び降りた。それは私も知っている」

「何だ、あんた知っているのか。じゃあ、喋《しゃべ》っても問題ないな」

暢気《のんき》な彼の様子とは裏腹に、許《ホイ》はひどく焦っていた。林秋雲《ラムチヤウワン》に紙幣を握らせたのは陳小《チヤンシウ》生《サン》に違いなかった。

まずい――先を越されてはまずい！　そうなれば、自分はもう終わりだ。

「二〇〇〇〇HKドル払おう」

「二〇〇〇〇！」

林秋雲の声が跳ね上がった。

「一度しか言わない。よく聞いてくれ。君のアパートから飛び降りた少女の部屋は三階にある。その部屋に行って、ある物を探して欲しい。部屋になければ屋上だ」

「ある物って？」

「遺書、あるいはそれに類する物だ。彼女が何か書き残していないか調べてくれ」

「彼女？」と、林秋雲が繰り返した。「あんた、あの女の子の知り合い？」

「君には関係ない」許は一蹴《いっしゅう》した。「いいか、何かあればすべて持ち帰ってくれ」

「持ち帰ってあんたに渡すのか？」

「ああ、そうだ」

「ふうん、そこには何が書かれているのかな？」林秋雲が下卑《げび》た笑いを滲《にじ》ませる。「あの女の子が飛び降りた理由でも書かれているのかな？」

「誰がそう言った？」

「あ、もしかすると、あんたの名前とか？」

怒鳴りつけたい感情を何とか押し殺した。陳に知られれば、もう先がない。

「降りるか？」

「ちょっと待てよ。何もそうは言っちゃいない」

「二〇〇〇〇HKドルだ。それを忘れるな。またこちらから連絡する」

許は電話を切った。彼は信用に足る人物ではない。それはよく分かっている。分かっているが、仕方なかった。他にあのアパートの住人を知らないのだ。

林秋雲のことは、李伊朋《レイイーパン》を通して偶然に知ったに過ぎない。そして林秋雲が、張富君《ヂヨンフーワン》と同じアパートに暮らしていることも、玲玲《レンレン》という名の「女神」と同じアパートに暮らしていることも、偶然に知ったのだ。

許《ホイ》には、彼ではない他の住人を当たる術《すべ》もなければ、その時間ももうなかった。これは賭《か》けだ。しかも、ひどく分の悪い賭けだ。陳《チャン》の「力」を持つことができるか。いや、陳小生《シウサン》になれるかどうか――。

許は再び携帯電話を手に取った。

「陳さん、許です。今、大仙《タイシン》病院に向けて家を出ました」

3

痛烈な衝撃だった。歯の折れる湿った音が、許志倫《ホイヂーロン》の脳に響き渡った。過去に一度も味わったことのない激痛だった。

「すみません……すみません……」

許は床に横たわったまま、陳小生《チャンシウサン》の激昂《げきこう》に晒《さら》され続けた。立ち上がろうにも、どこにも力が入らなかった。

殺される――そう思った。

陳の怒りはまるで収まる気配がない。このままこうして寝転んでいると、また拳と足が飛んでくるだろう。許は身を丸めようとした。

頭部だけは守ろうと懸命に腕を持ち上げた。すみません、何度も口にした。しかし、音にはならなかった。

不意に、陳の一切の動作が止まった。恐る恐る視線を上げた。陳は許の方を向いているが、焦点は別のところに留まっているようだった。

許は微《かす》かに残っていた体力を二本の足に集中させた。辛《かろ》うじて起き上がる。そして頭を下げ、前屈《まえかが》みになりながら、ふらふらと玄関へと向かった。変わらず口から血が流れ落ち、歩を進める度に床を汚した。が、それを気にする余裕は欠片《かけら》も残っていなかった。

運転してきた車の後部座席に身を投げた。歯茎がどくどくと脈打っている。眠ってしまいたいと思ったが、その激痛がそうさせてはくれなかった。

——何とか生き延びたか。

針山を突き刺されているような思考の中で、許はおぼろげに希望を見ていた。

——まだ、賭けに負けた訳ではない。

だが、陳を訪ねたのは明らかな失策だった。林秋雲《ラムチャウワン》は頼りにならない、信用できない、その不安が許をこの行動に走らせた。陳の自宅へ向かう道中、林秋雲に何度も電話を入れた。しかし、応答はなかった。現場であるあのアパートに引き返してみようかとも考えたが、誰の目があるか分からない。危険性が高いと判断した。

ならば——陳の懐に飛び込んでみるしかない。

陳《チャン》は現時点で何をつかんでいるだろうか。何かをつかんでいるのであれば、どう対応するであろうか。それを知っておきたかった。自身の生命が懸かっているのだ。

豪邸のリビングで目にした陳の瞳——ほっと安堵《あんど》した。

陳はまだ知らない。玲玲《レンレン》の死に、許《ホイ》の影があることを。

その思いが油断させたのだろうか。事実を告げた場合、陳はどんな反応を示すのか、それを試してみたい、見てみたい、そんな誘惑に駆られた。

彼女には強姦《ごうかん》された形跡がある——。

周賢希《チャウインヘイ》医師から聞かされずとも、許はもちろん知っていた。

強姦の事実を知って、陳はどんな表情を浮かべ、どう感情を動かし、どんな行動に出るだろうか。その一連の態度によって、本当に自分はもうあとがないのか分かるに違いない。

「亡くなった玲玲さんですが、強姦された形跡があるそうです」

——余計な台詞《せりふ》だった。

口にしてすぐ、許はそれを悟った。

陳の凍った双眸《そうぼう》。それはすぐに炎に変化する。燃え盛っていた。

殴り倒された目の前に、赤く濡《ぬ》れた白い破片があった。

許はその時、確実なことを一つ理解した。歯を失った代償に。

玲玲を襲った人物が許だと明らかになった場合——その場合、間違いなく自分の命はない、ということであった。

陳のオフィスに呼び出された。予定では、二日後に玲玲の葬儀を控えているという日の夕方のことだった。

扉を開けると、陳がソファーに腰を下ろしていた。一切視線を上げず、ずっとテーブルを見つめている。向かいに座れとも何とも言わない。異質な空気に許は、オフィスの玄関で瞬間的に硬直した。

「李伊朋《レイイーパン》という男を知っているかい？」

陳は開口一番、そう告げた。その言葉に腰が砕けた。膝が笑ったのか、泣いたのか、許はそのままコンクリートの床に尻を打ちつけた。背骨に痺《しび》れが走った。

「昨日の夜、僕は李伊朋と会った」陳は続ける。「会ったというか、強引にその機会を作ったというか、とにかく彼と会合した。お前、李伊朋を知っているね？」

何も答えられなかった。呼吸が苦しい。

「知っているね？」

「……は、はい」と、許は懸命に搾り出す。

「何をやっている男だ？」

「……ま、麻薬の売人を……」

「そう。お前もそれを知っているんだね」陳《チャン》はタバコを咥《くわ》え、火を点けた。「許志倫《ホイヂーロン》、僕は常々言ってきた。薬物には手を出すな、その関係者と関わるな、だが警戒は怠るな、と。お前、薬をやっているのか？」

「いえ！　やっていません！」

「うん、そうだろうね。目を見れば分かる。でも、李伊朋《レイイーパン》と関わった。裏で葬儀も開いてやったそうじゃないか。何故、僕に報告しない？」

「す、すみません……」

「僕が支払う給料では満足できないのかな。それとも、優越感でも味わいたいのかな。僕の知らないところで隠れて動いて」

「いえ……違います……」

「許、僕はいつもこうも言っているね。正々堂々と勝負を挑んでくるのであれば、多少は手加減もすると。僕はこそこそする人間が嫌いだ。お前のような人間が嫌いだ」

　陳は一度紫煙を吐き出すと、それだけでタバコを灰皿に捨てた。

「李伊朋が昨日、花園街《ファユエンストリート》で取引することを、僕はその少し前に知った。警察が監視していることも同時につかんだ。もっと早くに知っていれば、対応の仕方もまた違っていたんだけれど、今更何を言っても仕方ない。彼は逮捕されるべき人物だ。しかし、その日に限っては、上手《うま》く逃げてくれることを望んだよ。どうやら彼はなかなか鼻が利くらしい。上手い具合にこちらの思い通りになった。もっとも、僕が少し忠告しておいたんだけどね。何か異変を感じれば彌敦道《ネイザンロード》に来いって。助けてやるってね。彼は信じなかったけれど、結局はそうなった」

陳はゆっくりとソファーから腰を上げ、窓側へと歩いて行った。陳の背中が震えているように見えた。いや、許自身が揺れているのだろうか。

「羅朝森《ローチウサム》刑事には悪いことをした。彼の手柄を奪う形になってしまったからね。彼は、僕が昨日の件に関わっていることを知らない。一つ大きな借りができた。いつかその借りを返そうと思うよ。それが礼儀ってものだろう。ねえ、許志倫？」

陳がくるりと反転した。その双眸は焼けるように熱を持っていた。あの時の、歯を折られる直前の日と同じだった。

「李伊朋からすべて聞いた。林秋雲《ラムチヤウワン》のことも」

――殺される。

「そして、林秋雲からは玲玲《レンレン》のことも聞いた。彼は大仙《タイシン》病院にいる。周《チヤウ》医師が診ている。うわ言のように、何やら色々と周医師に話しているらしい」

――もう、終わりだ。

「許志倫、お前は玲玲を襲ったのか？」

額を床にこすりつけた。歩み寄ってくる足音が許の耳に届く。一歩、二歩――頭頂部に陳《チャン》の爪先《つまさき》が触れた。

「どうなんだ？　え、どうなんだ！」

　左肩に陳の爪先が深々と食い込んだ。その衝撃に許《ホイ》は背後に弾き飛ばされ、玄関の扉に後頭部を打ちつけた。意識が朦朧《もうろう》としたが、それでもまたすぐさま額を床に密着させた。

「お前、そうやって一体何を謝っている？　李伊朋《レイイーパン》と関わったことか？　林秋雲《ラムチャウワン》に接触したことか？　許、僕はお前が分からない。お前の頭は何がどうなっている？　玲玲《レンレン》には強姦された形跡がある、だって？　いずれは周《チャウ》医師から僕に伝わる。その前に僕の反応を見ておこうって腹なのか。僕の懐を探っておこうという算段なのか。それに応じて策を練るつもりだったのか。確かに、僕が取る方法の一つでもある。でもね、どうやらお前は僕を見くびっているらしい」

　今度はこめかみに激痛が襲った。横殴りに吹っ飛ばされた。意識が消えそうになる。許は仰向《あおむ》けに床に寝転んだ。

「許、僕はお前にこう訊ねたことがある。『お前は僕のようになりたいのか？』と。はっきり言っておくよ。お前は僕にはなれない。絶対になれない」

　天井の蛍光灯が眩しかった。次に衝撃がやってきたら、もう完全に意識は飛ぶだろう。そして、永遠に意識は戻らない――許の目から涙が零れ落ちた。

「僕には信念が二つある。自らの決断を後悔しない。言葉にしたことは必ず実行する。この二つだ。僕はお前の親父さんを信用した。お前が今したように、親父さんもそこで額を地面にこすりつけた。何も訊かずに息子を預かってくれないか、と。僕は『分かった』と答えた。お前の過去を調べようと思えばいつだってできた。けれど、そうしなかった。親父さんを信用していたからだ。親父さんと約束したからだ。許、お前は僕だけでなく、親父さんまで裏切った。そして僕は今、初めて後悔している。お前の過去を調査しておけばよかったと」

足音が小さくなる。足音が遠ざかっていく。

「お前の処分は僕次第だ、僕はそう言ったね。場合によっては、お前自身の葬儀を執り行う羽目にもなり得る、そうも言った。僕はそう言葉にした。ならば、それを実行しなきゃならない」

涙はまだ流れ落ちている。そこに反射しているせいだろうか、蛍光灯の光が痛いほどに眩しい。だが、これは「女神」の光ではない。それだけは分かっていた。

どうやら賭けに負けたらしい。陳の「力」を手に入れることはできないらしい。陳にはなれないらしい――。

「でもね」と、陳の声が遥《はる》か向こうから届いた。「このもう一つの信念も、僕は曲げようとしているようだ」

――え？

「許志倫《ホイヂーロン》、僕は今もまだ迷っている。僕の下した判断が正しいのかどうか」

濡れた視界の隅に、陳《チャン》の背中が映っていた。

「お前には、このまま玲玲《レンレン》の葬儀を執り仕切ってもらう。その中でお前の目を見て、僕はまた新たに決断しようと思う。誠心誠意、玲玲に謝罪しろ。張富君《ヂョンフーワン》に頭を下げろ。参列者の悲しみをすべて目に刻み込め。そして、その目をすべて背負い続けろ。僕がいいと言うまで、いや、玲玲が許してくれるまでだ。でなければ――」

カチャ、と金属の音がした。

「今ここでお前を撃つ。分かったか！」

信じられなかった。自分は助かった、のか？

上半身を持ち上げようとした。が、支える肘《ひじ》の関節がかくりと折れた。許は寝転がったまま体を回転させた。俯《うつぶ》せの状態から膝を曲げ、また額を床に密着させた。冷たいコンクリートの感触がぞわぞわと這《は》ってくる。

「分かり……ました」

「葬儀の際、玲玲の遺影と棺《ひつぎ》には絶対に触るな。張富君と僕が運ぶ。お前のその手で絶対に触れるな。分かったか」

「はい……分かりました」

「もう一度言え！」

「玲玲さんの遺影と棺には指一本触れません！」

許の頭に何かが当たった。陳の爪先ではない。もっと軽い小さな粒のようなものだった。

「お前の歯だ。その意味を絶対に忘れるな」

許の頭に――二つ、三つと落ちてくる。


女神――張玲玲の葬儀は無事に終えた。

その最中、陳とは一度も目を合わすことができなかった。

許はまだ信じられずにいた。自分がこうして生きていることを。

陳の命令通り、張玲玲の遺影と棺には一切触れなかった。その中で、許は精一杯の仕事をした。これ以上ないというほど、徹底して荘厳な場を作ったつもりである。しかし、どこか足が地に着かないようで、一つ一つの行動は仔細《しさい》に覚えていなかった。いつ陳から声がかかるだろうかと、心臓が激しく胸を叩いていた。

はっと息を飲んだのは、刑事が式場に現れた時である。羅《ロー》という名の刑事だった。陳が呼び寄せたのだと思った。自分を刑事に引き渡すのだと思った。

――やはり、終わりか。

陳は初めからそのつもりだったのだ。この場で自分を刑事に引き渡す。その現場を玲玲に見せようというのだ！　死という安易な方法では彼女は許さない、陳はそう考えているのだ！ 玲玲《レンレン》が許すまで、とはそういう意味だったのだ！

葬儀が終わると同時に、自分は刑務所に葬られる。今度は施設ではない――。

しかし、しばらくすると羅《ロー》刑事は帰って行く。

どういうことだ？ 許《ホイ》は首を捻った。まさか、彼女の弔いにやって来ただけだというのか。いや、そんなはずはない。わざわざ陳《チャン》が呼んだのだ。自分は逮捕されるのだ！ そうに決まっている。そうに決まっている！

だから、許は羅刑事のポケットにメモを忍ばせた。

陳と羅刑事の間でどんな会話が交わされたのか、それを知りたかった。

4

それからおよそ一ヶ月後、張富君《チヨンフーワン》の妻、楚如《チヨーユイ》が息を引き取った。

許《ホイ》に仕事は回されなかった。その葬儀に参列することも許されなかった。

その半年後、あとを追うように張富君が病に倒れた。

彼の葬儀に関しても同様だった。

二〇一二年　夏　八月四日

1

「葬儀屋の許志倫《ホイヂーロン》を呼び出してくれ！」

麗文《ライマン》の自宅から飛び出した新田悟は、陳小生《チャンシウサン》に連絡を入れた。しかし、それに応《こた》えたのはまた留守番メッセージだった。

「陳、あんた一体何をしている！」

新田はエレベーターの一階ボタンを乱暴に押した。隣では羅朝森《ローチウサム》刑事が唇を噛《か》み、何やら低く唸《うな》っていた。

「陳、これから俺は文城酒店《マンシンホテル》に向かう。葬儀屋の許志倫を呼び出してくれ！」吐き捨てるように言い残して電話を切った。続いて羅に向かい、「文城酒店へ戻ってくれ」と告げた。

「……いかねえよ」と、羅は答えた。

「何？」

「陳《チャン》の野郎が来るんだろうが」

「ああ、恐らくな」

「オレはあの野郎と顔を合わせたくねえ。それに――」

「ん？」

「許志倫《ホイヂーロン》の顔はもっと見たくねえ。次にあの男を目にしたら、オレは何をしてしまうか分からねえ」

「何だと？」

「的士《タクシー》で行け」

「おい、あんた、許と何があったんだ？」

エレベーターは一階に到着した。扉が開くなり、羅《ロー》は歩き出す。

「オレはあの兄貴、王有偉《ウオンヤウワイ》を捕まえる。あの男、なかなか立派な前科も持っていやがるからな」

そう言って、羅は一人で綺麗《きれい》な代車に乗り込んだ。

「おい、待て！」

新田の声は既に届かなかった。彼の車は走り出していた。

仕方なく、新田は彌敦道《ネイザンロード》まで出て的士を拾った。文城酒店《マンシンホテル》に到着するまで、許志倫のたった一枚の資料に何度も目を通した。

「麗文《ライマン》さん、開けてください。サトルです」

新田は三階の扉を叩《たた》いた。今日二度目の訪問だった。そのどちらも慌てていた。できるだけ警戒しながら酒店に入ったつもりであるが、あまり自信はない。新田は深呼吸を繰り返した。

扉が開いた。数時間前と同じ麗文がいた。

「サトルさん、あの――」

「分かっています。今日のところは帰る、確かに俺はそう言いました。しかし、状況が変わったのです。失礼は承知の上です。中に入れてもらえませんか」

「お断りすれば――」

「無理にでも入ります。そんな真似《まね》はしたくありませんが」

彼女はしばらく新田を見つめたあと、さっと身を引いた。

「……分かりました」

室内は新田が出た時のままだった。備品のカップと灰皿だけが片付けられている。冷蔵庫から茶を取り出そうとする彼女を制し、新田はまたテーブルチェアに座った。麗文は出した手を所在なく彷徨《さまよ》わせたあと、定位置ともいうべきベッドサイドに腰を落ち着けた。

「これを見つけました」と、新田は切り出した。

「あなたの自宅の冷蔵庫にありました。まだ液体の入ったペットボトルの中に。防水のためでしょう、ビニールの袋に包まれていました」

「何でしょう?」

「ペットボトルの中に……」

麗文《ライマン》に例の紙を手渡すなり、彼女は「あっ」と声を上げた。

「ええ、許志倫《ホイヂーロン》です」

「巨明《ゴイミン》が……これを?」

「はい。あなたでなければ」

「わたしではありません」

「そうでしょうね」新田は頷《うなず》く。「巨明はこの紙を隠し持っていた。連中が探していたのは恐らくこの紙だと思われます。まさか液体の中に浸《つ》かっているとは、巨明もなかなか上手《うま》い隠し場所を見つけたものです」

麗文はじっと紙面に視線を落としていた。判読し辛《づら》いが、そこには許志倫の簡単な経歴が書かれている。

「あの、サトルさん。どういうことでしょうか?　巨明がこれを持っていた。それはつまり——」

「俺が言った通りです。許は巨明の件に深く関係している」

「許さんが巨明を撃った……そう仰《おつしや》りたいのでしょうか」

「可能性は高いでしょう。残念ですが、そう言わざるを得ません」

「一体、どうして……？」

「何故なら――」

「はい」

「巨明は許志倫を脅迫していた。俺はそう考えています」

「何ですって⁉　巨明が……脅迫……」

麗文は手にしていた紙を握り締めた。更に線が走ったが、もう既に十分なほど皺《しわ》がある。今更どれだけ折り曲げようが問題はなかった。

「まだ確かではありません。そうではないかと俺が睨《にら》んでいるだけです。許志倫には、どうやら後ろ暗い過去があるらしい。ある刑事もそう言っていました。そして何より、巨明の言動です。こんなことは口にしたくありませんが、巨明には売上を誤魔化していた節がある。陳《チャン》を裏切るような真似をしていた形跡がある。実際に、巨明のそんな言葉を電話で耳にしましたし、あなたが渡してくれたメモにも書かれていました」

麗文の手から紙が滑り落ちた。彼女は小さな肩を震わせる。挟むものがなくなったてのひらはゆっくりと閉じられていった。

「――サトルさん」

「はい」

「この前の続きを話しても構いませんか」

一瞬、何のことか思い出せなかった。

「どうしてお金が必要だったのか」

そう呟《つぶや》く彼女に、新田は沈黙を返した。新田なりに先を促したつもりだった。

麗文《ライマン》は握った拳《こぶし》を解き、今度はそれを重ね合わせた。

「わたしは……子供が産めません」

そして、彼女は淡々と語り出した。

「いえ、授かり難《にく》い体のようです。黄体《おうたい》ホルモンの分泌《ぶんぴつ》が極端に少ないらしいのです。ですから、ずっと不妊治療と体外受精を続けてきました。サトルさんは独身ですからご存じないかと思いますが、この治療にはひどくお金がかかるのです。加えて入院費に診察料。そして薬の費用も。それはもう本当に莫大《ばくだい》な額です。サトルさんも知っているでしょうが、香港には公的な健康保険制度が存在しません。個人の自由意思によって民間の保険に加入します。もちろん、わたしたちも入っていました。わたしたちのような裏の世界の人間でも加入できるものを、陳《チャン》さんにいくつか紹介してもらいました。しかし、それらの保険は不妊治療費のすべてを補塡《ほてん》してくれません。結果、治療費のせいで毎月の保険料が支払えなくなる、あるいはその逆と、そんな矛盾した状況にも陥っていました」

麗文の髪が微《かす》かに揺れている。

「わたしは、諦《あきら》めようと何度も巨明《ゴイミン》に言いました。しかし、巨明は絶対に首を縦に振りませんでした。節約すればいい、お金はおれが何とかする、頑《かたく》なにそう言い続けました。子供を望んでいたのはわたしではなく、巨明の方だったのです。わたしはそんな巨明が好きでした。好きでしたが……」

どう答えてよいものか分からなかった。新田は変わらず沈黙を守るしかなかった。

「巨明は一度もわたしを責めたりしませんでした。じゃあもう一度やってみよう、いつもそう言うだけです。巨明は男の子を望んでいたようです。『おれとは違ってエリートに育てるんだ』これが口癖でした。こういう言い方は不謹慎かもしれませんが、巨明は望まれた子供ではありませんでした。父親は誰か分からず、産んだ母親も早々に育児を放棄したそうです。母方の親族の間をたらい回しにされ、満足に学校にも行かせてもらえなかったそうです。食費を稼いでこいと、幼い頃から働きに出されていました。そのせいか、巨明は字が書けませんでした。籍を入れてから、わたしが教えたのです。巨明は懸命に勉強し、ようやく人並に字が書けるようになったくらいです」

新田は目を細め、巨明の乱雑な文字を思い浮かべた。麗文から渡されたあのメモは、まだ新田のポケットの中に入っている。

「だからこそ巨明は、望まれて産まれる子供が欲しかったのでしょう。惜しみなく愛情を注がれ、ちゃんと教育を受けて育つ男の子が欲しかったのだと思います。分不相応なことは承知しています。けれど、そんな無茶な願いがわたしたちの支えになっていきました。いえ、巨明《ゴイミン》の、でしょうか。わたしは逆に、そんな巨明を見るのが苦しくなっていきました。新聞さえ購読しないあの家にいるのが辛くなっていきました。いえ、嬉《うれ》しいのは嬉しいのです。心から感謝もしていました。ただ、無言のプレッシャーとでもいうのでしょうか。巨明は一切、わたしに不平や文句を投げたりしません。それが痛かった。巨明が明るく振る舞えば振る舞うほど、わたしは気分が沈み、嫌でも責任を感じざるを得ませんでした。拳の一つでも挙げてもらえた方が、気が楽だったかもしれません。お前のせいだ、と」

麗文《ライマン》の焦点が不意に新田をとらえた。

「サトルさん。あなたには正直に言います。巨明から感じていた無言の圧力、あの家に存在した無言の圧力に比べたら、監禁状態にあったことなど何とも思いません。けれど巨明が亡くなって、わたしはどうかしてしまったようです。気がおかしくなってしまったようです。あの若い男を殴ったのもそうです。自分でも、何故あんな真似をしたのかよく分からない。何より分からないのは――」

彼女はそこで目を伏せ、そしてまた視線を新田へと戻した。その瞳は何故か光って見えた。その肌は輝いて見えた。

「巨明が死んで、わたし自身、ひどくほっとしたことです。解放されると思ったことです。

携帯電話に着信が入った。恐らく羅《ロー》刑事だろう。王有偉《ウオンヤウワイ》を捕まえたのだろうか。が、新田は無視した。

「サトルさん、あなたのことですから、巨明がどうやってお金を工面していたのかご存じでしょう。巨明は禁じ手を打っていました。犯してはならない暗黙のルール。巨明はスリにも手を出していました」

新田は一度頷いた。そうだろうと思っていた。だから陳小生《チヤンシウサン》に告げたのだ。

「スリと結託し、露店を飛ばして被害者に盗品を戻していたのです。時には自らもスリを働いたでしょう。そうすれば収入は間違いなく増えます。あなたが仰るように、陳さんへの仲介料も誤魔化していたようですから」

「ええ、陳も知っていました」

「はい。本当にすみません。陳さんにも何とお詫《わ》びすればよいか。わたしたちは最低の人間です。ルールを破った、いえ、もっと性質《たち》が悪い。破っていることを自覚しながら、それでも破り続けていたのですから。サトルさん、あなたはわたしのことを強い女性だと評価してくれました。しかし、わたしはそれに値する人間ではありません。軽蔑《けいべつ》されるべき女性なのです」

新田は自ら灰皿を取りに行き、タバコに火を点《つ》けた。何の味もしない。煙が肺に入っていかなかった。数度繰り返してみたが同じだった。

「麗文《ライマン》さん。ならば俺も正直に話します」

新田は長いままのタバコを灰皿に押しつけた。

麗文はその動作をじっと見つめていた。

「俺はあなたを軽蔑などしない。今でもあなたのことを強い女性だと思っている。巨明《ゴイミン》とあなたの結婚生活について、どう言ってよいのか分かりません。俺がどうこう口を挟むべきではないような気がしています。冷たく聞こえるならば謝ります。巨明とあなたの間に子供が産まれようが産まれまいが、お二人がどんな生活を送ろうが、それを覗《のぞ》き見るつもりはない。巨明が死んで、ほっとしても結構でしょう。それはあなた自身のことだ。あなたがそう言うのであれば、俺はそうなのだと思うだけです」

今度は麗文が頷いた。

「有難うございます」

「礼はいりません。やめてください。俺は巨明を密告した。陳《チャン》に知らせました。あなたが言うように、俺は感づいていた。巨明の暴挙の裏にどんな事情があったのか、今知りました。確かにルールを破るに足る状況だったのでしょう。お二人はそこまで追い込まれていた。しかし、それを知っても俺は自らの行動を悔いてはいません」

「仰る通りだと思います。サトルさんに非はありません」

「だが、麗文さん。あなたには非がある」

彼女の頬《ほお》に痙攣《けいれん》のような波が走った――いや、錯覚だろうか。

「巨明はスリと結託した。そこには、それを仲介する人物がどうしても必要なのです。何故なら、我々はスリ連中の顔をほとんど知らない。接触しようにもできないのです。だが、巨明は違った。簡単につながりを持ち、簡単に稼ぎを上げた。そんなことは不可能に近い――スリ側に知り合いでもいなければ」

新田は麗文をじっと射抜く。

「あなたは言った。わたしたちは裏の世界の人間だ、と。俺はあなたも『回収側』だと思っていた。我々は同じ仲間であっても、基本的には個人行動です。陳から各個人に仕事が割り振られる。その内容は決して他の仲間に話しません。陳が禁じているからです。必要以上に仲間同士が接近しないようにするためでしょう。よからぬ結託でもされれば、あとで面倒なことになる。だから、仕事場で仲間と顔を合わそうが合わすまいが、それほど気にかけません。あなたとは女人街《レディースマーケット》や男人街《ナムヤンガイ》で会ったことがない。巨明は数少ない例外ですが、それが普通だと思っていました。それが仲間同士のあるべき姿だと思っていた。けれど、どうやら違ったようです」

彼女の顔から一切の表情が消えていた。

「麗文さん」と、新田は真っ直《ます》ぐに告げた。「あなたは『スリ側』の人間だったのですね。

巨明《ゴイミン》をスリ側に手引きしたのはあなたでしょう。違いますか?」

彼女は音もなくベッドを離れ、そのまま冷蔵庫の扉を開けた。そして、「お茶はいかがですか」と、カップに注ぎ始めた。

「だからあなたは――張玲玲《ヂョンレンレン》の葬儀にも出席しなかった」と、新田は続けた。「いや、したくともできなかったのでしょう。スリ側の人間が、回収側の葬儀に出席するなど聞いたことがない。恐らく、陳《チャン》もそれを知っていた。先程、この部屋にいたのは陳小生《シウサン》ですね?」

2

扉がノックされた。振り返ると、そこには陳小生《チャンシウサン》が立っていた。ジーンズに真っ白の半《はん》袖《そで》シャツという姿だった。

「サトル、何だか久しぶりだね」

「さすがに陳小生だ。あんたには敵《かな》わない。タイミングまでお見通しとは恐れ入る」

「タイミング?」と、陳は首を傾《かし》げる。「サトルのメッセージを聞いてやって来ただけだよ」

「ロビーにいたのか?」

「いや」

「今の話ではない。俺が今日、一度目にここに来た時だ」

「ああ、その時はいたよ。でも、サトル、あの警戒心のなさはちょっと問題だな。ロビーをよく見もしないでエレベーターに乗ったろう？　この酒店《ホテル》だったからよかったものの、他ではまずい」

何も言い返せなかった。一度目の訪問の際、新田は麗文《ライマン》の電話での様子を心配していた。そして、あの日の記憶を封じ込めようと躍起にもなっていた。とにかく余裕がなかった。その乱れ様は二度目も大差ない。どちらも同じく落ち度は自身にある。

「悪かった。少し考え事をしていた」

「考え事？　サトルをあれほど慌てさせる考え事なのかい？」

「ああ、そうだ」

「それは何だろうね」

答えずとも陳は知っていた。それをあえて言わせようとは、なかなか嫌味な真似をする。その態度に新田は苛立《いらだ》ちを隠せなかった。

「あんた、知っていたんだな。麗文さんがスリ側の人間であることを」

陳はしばらく間を取ってから答えた。

「知ってたよ」

「あんた、ここで彼女を脅していたのか？」

「脅す？　僕が？」陳《チャン》はおどけたように繰り返す。

「ああ、あんたがだ」

「何か勘違いしていないか？　僕は巨明《ゴイミン》の葬儀を含めて、これからのことについて彼女と話していただけだよ。僕はそんな卑怯《ひきょう》な真似はしない」

「そこら中の人間の弱みを握り、手足のように動かしているあんたの言葉とは思えないな」

「サトル、本当にそう思っているのかい？」

「そうだ。あんたの『足』である人間の本音だよ」

瞬間、視界が真っ暗になった。横っ面を殴られたと気付いた時には、新田はテーブルの天板に突っ伏していた。昨日、車をぶつけられた時と同じくらいの衝撃だった。

「僕はその言葉が嫌いだと言ったろう。二度と『足』なんて口にするんじゃないよ」

「あんたに殴られたのは……これで二度目だ」

唇に触れると血が流れていた。

歯は——折れていない。

「うん、そうだね。一度目を思い出させる必要はあるかい？」

「いや、ない」

陳の童顔からいつもの微笑が消えている。冷たいほどの目で新田を見つめている。

陳は新田の傍を通り過ぎ、ベッドサイドの麗文《ライマン》も通り過ぎて、窓に背を預けた。

「あんた、何をそんなに怒っている？」と、新田は投げた。

陳はぽつりと、「心外だな」と零《こぼ》した。

「心外だよ、サトル。僕の周りにいる人間とは対等な取引が成立している。情報と紙幣、仕事と紙幣、その関係は様々だけれど対等だ。僕はそう思っている。違うかい？」

「いや、違わない。俺はあんたに恩がある。だが、確かに対等だとも思っている。つまり、麗文さんとも対等だということか？」

「うん」

「その関係は？　脅迫でないとしたら、二人の間には何がある？」

「信用と許容、かな」

「何だって？」

「信用と許容、そう言ったんだよ」と、陳は薄く笑った。

「どういう意味だ？」

「いいだろう、サトルが彼女を保護してくれたんだし、少し話しておこうか」

「それを聞く条件は？　俺はあんたに何を渡せばいい？」

「あまり好きじゃない皮肉だね」

「条件は？」

「そうだな、これから絶対に僕の前で『足』という表現を使わない」

「——続けてくれ」

「実はね、彼女がスリ側の人間であることを知ったのは、二人が結婚してからなんだ。まあ、当然といえば当然だ。二人にしてみれば、そんなこと公言できるはずがない。絶対に知られてはいけないことだから。二人はそれを承知で籍を入れた。香港版ロミオとジュリエットってところかな。どちらがどう惚《ほ》れたのかは知らないよ。僕も、そこまでは首を突っ込まないからね」

陳《チャン》は窓にもたれたまま、軽く麗文《ライマン》に視線を移した。彼女は黙って背を丸めていた。

「もう何年前になるかな。僕とサトルが出会う前のことだったのは確かだ。ある日、彼女が僕のオフィスにやって来た。巨明《ゴイミン》を連れずに一人でね。正直、話を聞いて僕は驚いた。麗文という女性に興味を持ったよ。いや、興味どころじゃないな。その度胸に感心もしたし、逆に恐れを抱いたような気もする。一人でやって来てそんな告白をするなど、ちょっと正気では考えられないだろう？」

新田は一つ頷き、麗文を見つめた。黒い髪が微かに揺れている。

「僕はひどく慎重だったよ」と、陳は続ける。「何か裏があるんじゃないかと警戒した。無理もない。告白の内容が内容だったからね。正直なところ、ここ数年で最も驚いた出来事の一つだと思うな。彼女は僕に会うなり頭を下げた。いや、下げるなんてものじゃない。

床に額をこすりつけたんだ。『許してください。認めてください』ってね。訳が分からなかったよ。そもそも、彼女とはその時が初対面だったんだから」

「それまで会ったことがなかったのか？」

「そうさ。サトルだって知っているだろう、この世界のルールを。スリ側と回収側は結託してはいけない。もちろん僕は回収側の代表として、スリ側の大まかな構成要員は把握している。けれど、あくまでも大雑把だ。一人一人の顔まで覚えちゃいられないよ。とにかく、僕は麗文とその時初めて対面した。線が細く、今にも壊れそうなほど華奢《きゃしゃ》だった。でも、黒い瞳だけは違った。僕を見上げる二つの瞳は決して折れない鋼《はがね》のようだった。今でもよく覚えている」

「あんたはその瞳を信じたのか。それがあんたの言う『信用』なんだな」

「結果から言うとそうだね。僕は彼女の話に耳を傾け、協力することに決めた。つまり、二人の結婚を認め、内部外部に漏れないよう計った。ひどく繊細にね。二人揃《そろ》って外出するなとも注意したし、自宅へはできる限り人を呼ばないようにとも命じた。まあ、仮に巨明が誰かを招いたにしても、彼女ならば上手く対応するだろうと思っていたけれど。現に、巨明宅を訪ねたことのあるサトル自身が今まで知らなかったのだから、成功していた訳だ」

「ああ、まったく気付かなかった。それが次の『許容』か」

「そうだね。結婚を許した」

「しかし、あんたにしては危ない綱渡りのようだが」

「うん、ある意味ではそうかもしれない。でも、麗文《ライマン》ならばやり通せると僕は判断した。問題があるとすれば、それはむしろ巨明《ゴイミン》の方だ。巨明ももちろん、許されない結婚であることは分かっていた。巨明が麗文のてのひらで転がされているのであれば、何もトラブルは起きない。けれど、例えばそうだな、彼女が救急で病院に運ばれるとか、そんな突発的な事態を僕は心配していた。駆けつけた巨明が彼女の手を取っている、そんな姿を目撃されれば厄介なことになる。特に、スリ側の僕の立場にいる人間に見られれば、これはかなり面倒だ」

「ん？　スリ側のトップは二人の結婚を知らないのか？」

「トップという言葉も好きじゃないな」

「知らないのか？」と、新田は繰り返す。

「知らないよ。麗文と二人でそう決めた。あの男は二人の結婚を許すような人物じゃない。さっきサトルが勘違いしたように、それを餌《えさ》にして脅迫を働こうとする最低の男でもあるんだ。少なくとも、麗文の取り分すべてを撥《は》ねることくらい、何の躊躇《ちゅうちょ》もなく実行する。僕はそれを知っている。彼女もそれを知っている。だから、彼女は僕を訪ねて来たんだ」

「信用と許容、か」新田は呟く。「しかし、その二つはどちらも、あんたから麗文さんへのものだ。俺には対等とは思えない。あんたは彼女に何を要求した？」

「何もないよ」

「何だって？」

「何もない。まあ、強《し》いて挙げるなら、たった一つ。巨明には絶対に黙っておくこと」

「それだけ？　あんたが？　あの陳小生《チヤンシウサン》が？」

「ん、どの陳小生だろう？」と、陳は微笑《ほほえ》む。「言ったろう？　僕は正々堂々とした人物が好きなんだ」

そして陳は、タバコをくれないかと口元に手をやった。

「彼女の前で言うのも何だけれど、巨明はすぐにつけ上がる。僕が認めたと知れば、余計な態度に出るのは間違いない。僕をみくびるとでも言うのかな、それは火を見るより明らかだった。現に売上を誤魔化した。スリに手を出した。この世界のルールを破った」

「本当にすみません……」

麗文の体が震えていた。か細い声が漏れ聞こえる。

新田は陳に向かってタバコを放り投げた。

「あんた、なかなか我慢強いんだな」

「誤魔化したお金がどこへ行くか分かっていたからね。もし自分のために使っていたのであれば、話はまた別だ。そういう意味では、巨明は真面目《まじめ》だった。真面目に麗文のことを想《おも》っていた」

「俺が巨明《ゴイミン》の行動を密告しなかったら、あんたはその目をつむり続けていたのか？」

「いや、それはない。少々目に余るようになってきたからね。さすがに僕の目も開き始めていた」

それは陳《チャン》の本心だろうか。そんなことを考えながら、新田は麗文《ライマン》に目を移した。彼女の瞳に涙はない。やはり、強い女性だと思った。

「巨明は——葬儀屋の許志倫《ホイヂーロン》を脅していたんだな？」

「うん、そうだよ」

「いつ知った？」

陳はその問いには答えなかった。答える代わりに、ゆっくりとタバコに火を点けた。

新田は麗文の前で身を屈《かが》め、皺だらけの用紙を拾い上げた。

「巨明がこれを隠していた」

陳はそれを受け取ると、軽く一瞥《いちべつ》しただけで返してきた。

「サトルももう知っているんだね？　巨明が何故、大金を必要としていたか」

「ああ。ついさっき麗文さんから聞いた」

「うん」陳が軽く頷く。「不妊治療というのはひどく費用がかかるらしい」

「そのようだな。俺もまったく知らなかった。巨明は必死だった。売上を撥ねる、スリに手を染める、その程度では追いつかなかったのだろう。だから、脅迫という手段に打って出た。麗文さんに黙って、彼女に金銭の苦労をかけさせないように」

彼女の黒髪が小刻みに揺れ動く。

「麗文さん」と、新田は呼びかけた。

「はい……」

「近々、治療の予定があったのではありませんか？」

「はい……これで最後にしようと巨明と話し合いを……」

彼女は声を詰まらせながら搾り出した。

「巨明が亡くなる前、彼から電話がありました。会いたいと。密告した俺を非難するためだと思っていましたが、あれは治療費を借りようとしていたのかもしれません」

麗文の瞳から、とうとう涙が零れ落ちた。

「あの人……サトルさんにまで……」

「分かりません。あくまでも俺の推測です。とにかく、巨明は許を脅した。だが、許は従わずに逆襲を試みた。足がつかないように、そして脅しのネタを回収するため、許はあの兄弟を雇って家捜しし、あなたを監禁した。巨明を撃ったのは——」

新田はその先を継がず、「陳」と視線を振った。

「陳、教えてくれないか」

「巨明《ゴイミン》は――何をネタに許志倫《ホイザーロン》を脅していたんだ？」

「何をだい？」

3

「ちょっと出ようか」

陳小生《チャンシウサン》はタバコを消し、新田の肩に手を置いた。

麗文《ライマン》を残し、二人は部屋を出た。エレベーターを待っている間、陳がぽつりと言った。

「許志倫《ホイザーロン》は葬儀屋として優秀だ。でも、弱点もある。知っているかい？」

「ああ、知っている。女性だろう？」

許自身、露店の裏でそう話していたし、羅朝森《ローチウサム》刑事からも聞かされた。

「正解だよ。ただ、より詳しく言うならば――」

「少女、なんだな？」

陳の肩がぴくりと動いた。新田は視界の隅でそれをとらえた。

「そうか、羅刑事か」

「ああ」

「そう言えばあの時、羅刑事に何やら調べている気配があったな。彼はどこまでつかんでいるんだい？」

「それは知らない。そもそも、あの時とはいつのことだ？」

「一年半ほど前になるかな。僕とサトルが出会った頃のことだよ」

エレベーターが到着した。陳が先に乗り込んだ。

「張富君《チヨンフーワン》」と、陳が呟く。

「張富君？　娘さんが自殺した張のことか？」

「うん」

「彼女の葬儀は俺も参列した」

「玲玲《レンレン》——サトルは覚えているかな、張の娘の名前を。僕は病死として玲玲の葬儀を開いた。けれど、サトルの言うように本当は自殺だった。それは周知のことだね」

「ああ。遺影にあった少女の笑顔はよく覚えているよ」

「でも、サトル。玲玲の自殺の原因は何だか知っているかい？」

「いや」と、新田は首を振った。「遺書も残さなかったと聞いている」

陳は頷き、重々しい声で告げた。

「強姦《ごうかん》されたんだ」

「何だって⁉」

「彼女はまだ十五歳だった。その少女を——許は襲ったんだよ」

エレベーターの扉が開いた。一階ロビー。新田と陳《チャン》は隣り合ったまま、ケージの中で動かずにいた。乗り込もうとする客が三人ほどいたが、異様な空気にみな踏み出した足を引き戻す。

「申し訳ありません。あちらのエレベーターへどうぞ」

客を隣のケージに誘導する制服姿があった。多分、フィリピン人スタッフのフィデルだろう。

陳が先に降りた。

「……あんた、知っていてそれを放っておいたのか」

新田は変わらず箱の中にいる。

「ん？」

「許《ホイ》を放っておいたのか！」

「声が大きいよ、サトル。分かる。言いたいことは分かる。とにかく落ち着いて聞いてくれよ」

新田は陳の背に続き、ロビーの隅に移動した。背の高い観葉植物の後ろに回り、立ったまま話を続けた。

陳はまるで周囲を警戒しなかった。つまり、葬儀屋の許に対し、既に何らかの制裁を加えた証拠だった。麗文《ライマン》の追っ手はもういないのだ。

「玲玲《レンレン》が身を投げた時、僕はその原因についてまだ知らなかった。強姦された形跡があることはそのあとに聞かされた。その時、僕は真っ先に思ったよ。その事実が彼女の死に関係しているかもしれないって。玲玲の部屋はひどく片付いていた。覚悟を決めたかのように綺麗に整っていた。何一つ汚れていなかった」

玲玲自身を除いては——陳はそう言いたいのだろうか。

「僕は彼女の覚悟を尊重することに決めた。つまり、警察に話さなかった。公《おおやけ》になった場合、玲玲の傷跡までが明るみに出る。それだけは絶対に避けたかった。彼女の覚悟に、僕はそんな意志を感じた。だから僕は独自で調べ始めた。でも、残念ながらと言えばいいのかな、玲玲に傷を負わせた張本人が葬儀屋の許だと判明するまでに、そう時間はかからなかった。僕は頭を抱えた。随分と迷ったよ」

「迷う必要がどこにある？　許を警察に突き出せばいい。あんたには力がある。あんたなら、少女の傷を隠すことができる」

「そう簡単にはいかないんだよ」陳は一つ息を吐く。「許を警察に引き渡す、するとどうなる？　張富君《ヂョンフーワン》の耳に入る。他の仲間の耳にも入る。そうなると、張は必ず玲玲の復讐《ふくしゅう》をする。他の仲間もそうだ。張に加担するのは目に見えている。張に手を貸してくれと懇願されていたら、サトルは断れる自信があるかい？」

「多分、ないな」

新田は正直に答えた。それは恐らく、陳《チャン》が待っていた答えでもあった。

「僕ら回収側が無茶苦茶になってしまう。その危険性が大いにあったんだよ。僕は仲間を守る義務がある。そういう立場にいる。サトル、誤解しないでくれ。僕個人の感情で動くのならば、間違いなく許《ホイ》を警察に突き出している。いや、それどころじゃ済まないだろう。この前、僕は上空に向けて銃を撃ったね。先を駆けていたのが巨明《ゴイミン》ではなく許ならば、銃口はきっと——もっと下を向いていた」

「それであんたは——麗文《ライマン》さんの時と同じ選択をした」

「ん?」

「内部外部に漏れないよう策を弄《ろう》した」

「ああ。あれほど辛くて不愉快だったことはないよ。僕は許を監視下に置き続けることを選んだ。それならば妙な真似はできないと思ったし、もう他に犠牲者も出ないだろうと思った。そして、あえて玲玲《レンレン》の葬儀も担当させた。罪の意識を感じさせるため、遺族の悲しみに強く触れさせるため、彼らの眼差《まなざ》しと、自分の犯した罪を一生背負わせるために」

新田は陳とたっぷり視線を戦わせた。言いたいことは山のようにあった。怒鳴り散らしてやりたいことは山のようにあった。だが、その言葉の数々が喉《のど》を遡《さかのぼ》ってこなかった。喉のどこかで散らばり、あるいは霧消するような感覚があった。初めて見せる陳の不安げな顔のせいだった。

「──許してくれたろうか」

陳がぽつりと零した。

「え？」

「玲玲は許してくれたろうか。僕は間違った決断をしたんだろうか？」

そう言って、陳は微かに目を逸らせた。

「──答えが欲しいのか？」

「さあ、どうなんだろう」

「張富君《チヨンフーワン》はもう亡くなっている。彼は知らないまま、この世を去ったんだな？　許のことを、娘の死の理由を」

「当たり前だ。僕は執拗《しつよう》なくらい方々に気を配ったよ」

「だが、巨明は知っていた。どこから漏れた？」

「それは多分、任家英《ヤムガーイン》という人物からなんだろうね」

「何者か分かったのか？」

「いや、まだだよ。でも、おおよその見当はつく」と、陳は眉根《まゆね》を寄せた。

「誰だ？」

「警察の幹部連中だよ。僕の情報網の中で、最も網目の大きなところだ。玲玲の死を警察沙汰《ざた》にしなかった理由はそこにもある。新聞社ならばいくらでも抑えられる。けれど、警察上層部はそう簡単にいかない。彼らには金がある、権力がある。そもそも僕を必要としていないんだ。羅《ロー》刑事とは違ってね」

「警察上層部、か。あんたの耳にもう入っているかもしれないが、その羅刑事も同じようなことを言っていた。上の連中が裏で糸を引いている可能性があると」

「ふうん。刑事としては羅も優秀だね」

「廉政公署《れんせいこうしょ》、羅刑事はそうも言っていた」

「廉政公署?」

「あんた、その意味が分かるか?」

「さあ、急に言われてもね。羅刑事に訊《たず》ねればいい」

「彼もまだ、その意味をはっきり分かっていないらしい」

新田が答えると、陳《チャン》は軽く微笑んだ。

「警察は優秀だね。完全に隠蔽《いんぺい》したつもりだったけれど、どこからか漏れたみたいだ。僕のミスだな」

「あんたがミスを犯すなどあり得ない」

「有難う……サトル」

そう呟くと、陳は深く息を吐いた。

「とにかく、俺もあんたも気を付けた方がいいようだ」

「そのようだね。巨明《ゴイミン》の葬儀もあることだし、しばらくの間じっとしていよう」

「許《ホイ》はどうした？」

新田は意図的に、急に話を変えた。

「え？」

「どうして許を連れて来ない？」

陳は何も答えなかった。

「あんたは――あの夜の銃口を下に向けたのか？」

新田は陳を凝視する。しかし、どれだけ時間をかけようが、どこを探そうが、回答は見つかりそうになかった。

陳は再び、事実を隠したようだった。

「あんた、巨明が許を脅していることを事前に知っていたのか？」

「いや、それは本当に知らなかった。知っていたならば、許を麗文《ライマン》の元へ行かせるはずがない。巨明の動きも許の動きも、僕はつかんでいなかったんだよ。だからここ数日、ずっと走り回っていたんだ。サトルの電話に出られなかったのもそのためだ。いや、サトルとは話したくなかったのかな。何故かそんな気分だった。サトルに僕の選択を責められるとでも思っていたのかもしれない。いや、どうなんだろうね」

「俺には分からない。あんたが下した決断が正しかったのかどうか、俺には答えを出せない。もちろん、あんたの望むような回答を言うことはできる。しかし、あんたはそんなものを欲していないだろう？　あんたは陳小生《チャンシウサン》だ。気に食わないだろうが、我々回収側のトップに君臨する男だ。俺はあんたの判断に従うだけだ。俺には何も不満はない。ただ――」

「ただ？」

「できれば、許《ホイ》に突きつけたあんたの銃口が――上空ではなく下を向いていて欲しい、俺は多分そう思っている」

やはり、陳は沈黙を貫いた。

「陳、巨明《ゴイミン》の葬儀は盛大にやってやれ。それから、麗文《ライマン》さんを頼む」

その沈黙に飲まれたまま背を向けた。もう追っ手はいないのだ。新田は歩き出そうとして、ふと足を止めた。

「彼女は泣いていた――」

「え？」

「今じゃない。今日、昼頃にここを訪ねた時だ。あんたが彼女の部屋にいた時のことだ。麗文さんは懸命に隠そうとしていたが、確かに泣いていた。あれは多分、巨明のための涙じゃない」

「梁敏馳《リヨンマンチー》さ」と、陳が言った。

「え？」新田は振り返る。

「梁敏馳が殺された」

「あのスリ側の男だな。羅《ロー》刑事から聞いた」

「彼は――」

「麗文さんの親族だったのか？」

「うん、兄だよ。彼女はその兄に連れられて、スリ側の仲間になったんだよ」

「あの涙は、お兄さんのため……」

「彼女は兄にも結婚のことを話していなかった」

「彼女の自宅には――一枚の家族写真もなかった」と、新田は重々しく続けた。

「僕が禁じていたからね。麗文がスリ側だと気付かれないために」

「そこまでして彼女は巨明と結婚したのか。そこまで覚悟をしていたのか」

「うん、巨明は幸せ者だよ」陳はそこでふっと息を滲《にじ》ませた。「ねえ、サトル」

「何だ？」

「僕は以前、二人に子供がいなかったことは不幸中の幸いだったと言った」

「ああ、覚えている」

巨明の死を陳から初めて告げられた日のことだ。

「本当にそうだったんだろうか。僕はよく分からなくなってきたよ」

陳《チャン》はそう零して新田の前から去った。エレベーターへと向かっている。麗文《ライマン》の元に戻るのだろう。陳がケージに乗り込むのを見届け、新田は文城酒店《マンシンホテル》をあとにした。

4

陽《ひ》が落ちようとしている。

新田は夕刻の彌敦道《ネイザンロード》を南へ歩いていた。五分と進まぬうちに、額に汗が浮き始める。八月の熱気と湿気には翳《かげ》る気配がない。ハンカチで何度も額と頬を拭《ぬぐ》う。目的地はもうすぐそこだった。わざわざ的士《タクシー》を拾う必要はない。目の前に、朱に染まった維多利亜灣《ヴィクトリアハーバー》が見えていた。

「ちっ、何でこんなくそ暑い場所で、お前を待たなきゃならねえ」

羅朝森《ローチウサム》刑事が相変わらずの舌打ちで新田を迎えた。何かのせいにしなければやっていられない、そんな猛烈な湿気の渦であることは分かる。彼は多分、それを新田のせいにすることに決めたのだろう。

「また飲んでいるのか?」

羅の右手には缶啤酒《ビール》が握られている。そしてその足元には、既に空になった缶が一つ転がっていた。

「うるせえよ。さっき、巨明《ゴイミン》の家で飲み損ねたからな」と、羅は一口あおった。「おまけに、オレの電話を無視しやがって」

「王有偉《ウオンヤウワイ》は捕まえられたのか？」

「当たり前だろうが。奴はアパートにいた」

「手帳の力は絶大だな。あの初老の管理人は優しそうな人物だった。あまり睨みを利かせるなよ」

「ふん、手帳の世話にはなってねえよ。暗証番号さ」

「覚えていたのか？」

「お前、自分だけが有能だとでも思ってるのか？」

管理人に与えられたあの万能の数字を、羅が記憶しているとは予想外だった。新田は苦笑を浮かべながら、遊歩道を東へ進んだ。

「やはり、王有偉は許志倫《ホイヂーロン》とつながっていたぜ」と、羅が切り出した。「まあ、はなから分かっていたことだがな。同じアパートに住んでいるんだからよ。ふん、まったく単純な連中だ。おい、王有偉の奴に前科があることは話したか？」

「聞いた。しかし、その内容は知らない」

「あの男、なかなかの厄介者だぜ。殺人こそ犯しちゃいねえが、窃盗に傷害、ここ数年は麻薬にも手を出していたようだ。許志倫が奴を知ったのは、あるいはそこからかもしれねえな」

「そこ？」

「麻薬だよ。許志倫《ホイチーロン》は昔、ある売人と接触を持っていた。俺はその売人を追っていた。が、もうそいつは死んじまった。事故として片付けられたが、あれは他殺に違いない。俺は今でもそう信じている。王有偉《ウオンヤウワイ》もそいつの顧客だった。あの葬儀屋はかなりきな臭い野郎だった。何か事が起きた場合のために、奴に近づいたとも考えられるぜ。王有偉は金さえ払えば大概のことは請け負う」

「いざという時に備えて、許はわざわざ王有偉の住むアパートに引っ越したとでも？」

「さあな。そこまではオレも知らねえよ」

「じゃあ、あんたの知っていることを聞かせてくれ」

「ん？　オレが知っているのは、王有偉があの葬儀屋に雇われたこと、あの車を運転していたのも奴だったってこと」羅《ロー》は尻ポケットに手をやり、紙幣の束を抜き出した。「ほらよ。修理費として有り金をごっそり頂戴《ちょうだい》してやった。オレの車をぶっ潰《つぶ》すなんて馬鹿な真似をするからだ」

羅はひどく嬉しそうだった。あの代車を買い取るつもりでいるのかもしれない。

「そうじゃない。あんたが調べた許志倫の過去について訊いている」

羅の足が止まった。振り返ると、彼は歯を軋《きし》らせていた。拳が徐々に紙幣と缶を握り潰していく。その双眸《そうぼう》はひどく鋭かったが、いつもの刑事の目つきではないような気がした。何故かそんな印象を持った。

「お前、知っているのか？　調べたのか？」と、羅が言った。

新田は迷った。傍らにあったベンチに腰を下ろす。羅は依然、その場で拳を震わせていた。

「いいだろう」

新田は口を開いた。陳《チャン》から聞いたこと、麗文《ライマン》から告げられたこと、一通りを話して聞かせた。羅なら大丈夫だ。信用できる男だ。彼は陳に頭が上がらない。

玲玲《レンレン》という名前が出てくる度、羅はぴくりと反応した。

「オレもあの少女の遺影に手を合わせた」

「あんたも参列していたのか？　俺もあの場にいた」

「ふん、時間をずらして訪ねたからな。金髪の坊主、黄詠東《ウオンウエンドン》が最後まで泣いてやがった」

話が許志倫の行為、あるいはその結果としての陳の隠蔽に及ぶと、羅は烈火の如く怒りを露《あらわ》にした。

「陳の野郎、何を考えていやがる！」

新田はそれでも努めて淡々と先を続けた。

すべて話し終えた時、羅は猛烈な勢いでベンチを蹴《け》り飛ばし、握り潰した缶を地面に投げつけた。

「陳《チャン》の野郎が隠すのなら、オレが許志倫《ホイヂーロン》を表に引きずり出してやる！」

「その必要はない」

新田は冷たく告げる。

「何？」

「多分、許志倫はもういない」

「何だと⁉」と、羅《ロー》が怒鳴り声を上げた。

「もう、いない」

「まさか、陳の野郎が――」

羅はその先を言葉にしなかった。彼の額には汗の玉がびっしりと付着している。手の甲で乱暴にそれらを拭うと、シャツの裾《すそ》にこすりつけた。彼の体温は必要以上に上昇している。その熱が頂点を遥かに超えたのか、羅はふっと尻をベンチに落とした。

「何だよ、お前、オレよりも詳しく知ってるじゃねえか」

「そんなことはない。俺のはすべて受け売りだ」

「劉巨明《ラウゴイミン》は許志倫の過去をネタに脅していた――」

「ああ」

「巨明を撃ったのは許志倫、か。王有偉《ウオンヤウワイ》は、それについて何も知らないようだったからな」

「だが、黒幕は違う」と、新田は低く言った。

「ん？」

「あんたに調査を頼んだ人物だ」

「ふん——任家英《ヤムガーイン》か」

「そうだ。しかし、どうやらそんな人物は存在しないらしい。架空の人名だ。あんたらが創《つく》り上げた、な」

「しつこい野郎だな。オレらが創ったんじゃねえって言ってるだろうが。幹部連中の仕業だ」

「廉政公署《れんせいこうしょ》か」と、新田はタバコを咥《くわ》える。

「ふん、その意味が分かったのかよ？」

「多分、な。『足』の勘ってやつだ。刑事の勘といい勝負だろう」

「言ってくれるじゃねえか」

「あれはそもそも、警察の腐敗を一掃するために設立された機関だ。だが今回は、その矛先が違ったってことだな。警察内部ではなく、俺たちの浄化が目的だった。スリ側、回収側、それに関わる露店商。裏の人間を締め出す、いや、叩き潰す腹だった。言わば、警察上層部が組織した廉政公署だった」

「その通りだ。内部紛争を起こさせるため、あるいは、スリ側と回収側の全面戦争まで描いていたのかもしれねえ。とにかく、まずはお前らだ。その手始めが巨明《ゴイミン》の事件って訳だ。上層部は様々な情報を集め、標的を絞り込んだ。その大役を仰《おお》せつかったのが、劉《ラウ》巨明と許志倫《ホイヂーロン》だな。巨明に許志倫の過去をリークした。任家英《ヤムガーイン》という名を騙《かた》ってな。最も効果的なのは張富君《チヨンフーワン》に情報を流すことだろうが、幸か不幸か奴はもう死んでいる……。とにかく、それをネタに巨明はあの葬儀屋を脅す。巨明が金に困っていたこともつかんでいたのだろう。窮地に立った許志倫は、逆に巨明を亡き者にする。お前らの組織で内紛が起きる。鎮まれば、また新たな次の手を繰り出す。お前らが崩壊するまで何度もな。それまで静観を決め込む。放っておく。そういう筋書きさ。奴らはすべて知っていた。だから捜査もおざなりだった」

「梁敏馳《リヨンマンチー》は、そのスリ側の最初の犠牲者か」

「ああ。スリ側のトップの噂を流したようだ。上がりをピン撥ねして小金を貯め込んでいる、そんな薄汚い噂だ。梁敏馳はやり口が乱暴だったらしいが、汚い男ではなかった。筋を通す男だった。ある意味では真面目だったという見方もできる。だから、そんな小賢《こざか》しいトップが許せなかったのかもしれん。そして結果、返り討ちにあった」

「何故、陳《チヤン》を標的にしない？　その方が効果は絶大だ。現にスリ側に関しては、明らかにトップを狙《ねら》って工作している。巨明も許も下っ端だ」

「ネタが見つけられなかったんだろうよ。陳はそう簡単にぼろを出さねえ。それはお前もよく知ってるだろうが」

「あんたの刑事の勘は誰からの情報なんだ？」と、新田は紫煙を吐いた。

「緘口令《かんこう》を破りたがる奴も中にはいるのさ」

「破らせたのだろう？」

「ふん」と、羅《ロー》刑事は唇を舐《な》める。

「しかし、厳しいその緘口令を敷いたにしては、いささか都合がよ過ぎる気がしないでもない。許が陳に泣きついたらどうしていた？　陳が巨明の事件を隠蔽するとは考えなかったのか？」

「さあてね。そうなれば、警察は堂々と表に登場したんじゃねえか。殺しの隠蔽だからな」

「我々が自ら崩壊するもよし、捜査に踏み込む状況になれば儲《もう》けもの、という腹か」

「ちっ、上の奴ら、オレより悪党だぜ！」と、羅はひどく派手に舌を打った。

「巨明は薄々気付いていたのだろう、任家英の正体に。あんたには見せなかったが、巨明は俺にそんなメモ書きを残していた」

「ふん、任家英の出所は巨明だったのか」

「ああ。しかし、その任家英は、許の過去をどうして嗅ぎつけた？　俺には陳がミスをするとは思えない。陳《チャン》は方々に気を配ったと話していた。ならば、そう簡単に知れるはずがない。羅《ロー》刑事、何か心当たりはないか」

「陳の野郎だって完璧《かんぺき》じゃねえよ。お前、あの野郎を過信してると痛い目に遭うぜ」

「まだ遭ってはいない」

「ふん」と、羅は顎《あご》をさすった。「まあ、考えられるのは林秋雲《ラムチヤウワン》って奴だな」

「誰だ？」

「薬物中毒だった男だ。俺の情報屋でもあった。ある時、奴は銃弾を浴びて病院に担ぎ込まれた。あとから聞いた話だが、奴は玲玲《レンレン》の死に間接的に関わっていた節がある。それらしいうわ言も病室で喋《しゃべ》っていた。可能性があるとすれば奴だろうな。だが、もう確かめることはできねえ。奴は薬で死んだ」

維多利亞灣《ヴィクトリアハーバー》に光の粒が反射し始めていた。遊歩道の外灯の光。もう完全に陽は落ちている。

もしかすると、巨明《ゴイミン》はあの夜——新田はふと思う。あの夜、ここで行われるはずだった巨明との会合は、麗文《ライマン》の治療費の無心ではなく、任家英《ヤムガーイン》を巡る警察の思惑に関することだったのかもしれない。

しかし、今となってはもう分からない。

——幻。

新田の脳裏に、その言葉が不意に浮かんだ。

「ん、何だって?」と、羅が言った。

知らず音になっていたらしい。新田は外灯の光を見上げ、「幻と言ったんだ」と繰り返した。

「ふん、なるほどな……幻か」羅は両手を頭の後ろに回した。「まったく、笑わせてくれるぜ。オレもお前も、はなから存在しない奴を追いかけていたなんてよ。幻に振り回されていたなんてよ」

いつの間にか、手にしたタバコがすべて灰になっていた。その灰を見つめながら、新田は羅の言葉を反芻《はんすう》する。

果たしてそうだろうか——新田も羅も、確かに幻の影を追った。だが、決して翻弄《ほんろう》されたのではない。その渦中に飲み込まれた訳でもない。幻に襲われ、足を絡め取られ、必死にもがいた人物はみな、新田の前から消えた。その渦から抜け出すことができずに——劉《ラウ》巨明、許志倫《ホイヂーロン》。

維多利亜灣が揺れている。穏やかに煌《きらめ》いている。その一つ一つの光がすべて、新田には幻のように映った。

もしかすると、この怒《ど》濤《とう》のような数日間は、すべて幻だったのではあるまいか——。

維多利亜灣の光が、一瞬、そんな錯覚を起こさせる。

頭上を熱い風が通り過ぎて行った。その湿った風には、まだまだ衰える気配がない。まだまだ新田の体を溶かそうとする。

新田は首筋を流れる汗を拭い、維多利亜灣《ヴィクトリアハーバー》に浮かぶ光の粒を眺めた。

「おい」と、羅《ロー》が唐突に呼びかけた。「お前に頼みごとをするにはどうすりゃいい？」

「何だ、仕返しか」と、新田は軽く頰を緩ませる。

「ふん、どうとでも取れよ」

「言ってくれ。何もいらない」

「お前の痛いところを教えろ。陳《チャン》の野郎に何を握られている？」

「あんたはどうなんだ？　何の借金だ。ギャンブルか？　酒か？」

「オレをそこらのチンピラと一緒にするなよ」

「どう違うのか教えてくれ」

「てめえ！」

そう怒鳴ったものの、羅はまたあの目を浮かべていた。驚くほど刑事らしからぬ真摯《しんし》な双眸だった。

「……女だ」と、羅が言った。

「女？　そんな風には見えないが」

「ちっ、娘だよ。嫁と一緒に出て行きやがった」羅は顔を逸らして吐いた。「いや、娘が嫁を選んだってことだけどよ……ふん、贅沢《ぜいたく》ばかり言いやがる。娘も嫁もな。ちっ、オレに落ち度があるんだろうさ。そんなことは分かっている。今更、取り返しのつかねえことも分かっているさ。それでもオレは……こうすることしかできねえ。こうすることでしか、娘とつながっていられねえ。家族とつながっていられねえんだよ、今はまだ……」

そう言って、羅は決然とした表情を見せた。その顔は刑事ではなく、確かに父親のそれであり、夫の顔でもあった。

——家族、か。

新田はベンチの背に体を預け、再びタバコを引き抜いた。

「巨明《ゴイミン》や張富君《ヂヨンフーワン》と同じかもしれない……」新田は呟く。

「はあ？」

「手段は別にして、あんたは別れた家族を懸命に援助し続けているようだ。だが、巨明は妻である麗文《ライマン》を助け続けることができなかった。張富君は一人娘を救えなかった。俺はある女性を——」

不思議と額から汗が引いていた。咥えたタバコに火を点ける気になれなかった。ライターを握った右手がポケットの中で固まっていた。

「俺は大切な女性を失った」

知らずに口が動いていた。

大切な女性を失った——あの日の記憶が急激に蘇《よみがえ》る。新田の脳裏を激しく刺す。頭を抱え込みたいほどの痛みだった。視界の先に、天星小輪《スターフェリー》の緑の船体が見える。低いエンジン音。その音があの日の記憶と結びついていく。

——もう二度と運転席に座らない。

新田は固く誓った。新田の運転する車が横転し、助手席にいた彼女の命を奪ったあの日に。

強い雨が降っていた。そして、確かに自分がハンドルを握っていた。

彼女がかねてから行きたいと言っていたこの街、この湿気とネオンに覆われた街。そんな街に旅立とうと、空港へ向かう途中の出来事だった——。

「気付いたら、彼女は隣で血を流していた。目を開いたまま血に濡れていた。既に息はなかった。何もできなかった。なす術《すべ》もなかったよ。事故だとはいえ、俺は彼女を死なせてしまった。俺はそんな自分に耐え切れなくなった。だから逃げた。海を渡って現実から逃げ出した」

「お前、そう言えば、おかしなことを口にしてやがったな。巨明《ゴイミン》の家で。家族を奪ってしまった、とか何とか」

「ああ、俺が彼女の命を奪ったんだ。運転していた俺がな。だから俺はハンドルを握らない。この街でもそれは変わらない」

「お前、どうしてここへ来た？」

その疑問はこれまで何度も自問自答したことだった。彼女が見たいと望んでいた風景を目にしたかったのかもしれない。彼女との旅を続けたかったのかもしれない。あるいは単に、日本を出たかっただけのことかもしれない。この地である必要はなかったのかもしれない——そんなことを繰り返し思いながら、新田は維多利亞灣《ヴィクトリアハーバー》を眺め続けた。

「まだ、その答えは出ていない」

「ちっ……嫌なことを訊いちまったな」

羅《ロー》は短髪の頭をごりごりと掻《か》いた。

「そう言えば、陳《チャン》と初めて会ったのもここだった。こんな風にベンチに座り、維多利亞灣を見つめている時のことだった」

陳小生《シウサン》の第一印象は「赤」だった。彼の右手は何故か血に濡れていた。その色は瞬時に彼女を思い起こさせた。これは何かの暗示だろうか。そんな風に感じた記憶もある。

実際、それは確かに暗示だったのだろう。陳は何故か新田を気に入ったらしかった。いや、仕事に使える、そう考えただけなのかもしれない。事実、新田はのちに陳の『足』となったのだから。

抜け殻のような生活が続いていた。

露店商の黄詠東《ウォンウェンドン》の元に放り込まれても、それは同じだった。

陳は何も言わなかった。仕事を覚えろとも命じなかった。むしろ、一切の面倒を見てくれた。陳の自宅で世話になり、黄《ウォン》の部屋にも居候《いそうろう》させてもらった。黄は食事の用意も忘れなかった。その費用は陳が出していた。

どれだけ礼を述べても足りない。それはもちろん理解していた。しかし、その言葉がまるで出てこなかった。日本語を忘れてしまったのか、あるいは、口自体の機能を忘れてしまったのか。すべてを放棄し、呼吸だけを続ける日々が流れた。

陳に初めて殴られたのは、玲玲《レンレン》の葬儀を終えた翌日だった。

新田を維多利亜灣《ヴィクトリアハーバー》に連れ出し、並んで遊歩道を歩いたあと、凍ったような目で陳は拳を振り下ろした。

いい加減にしたらどうだい？　陳は日本語でそう言った。

それで目が覚めた訳ではない。それほど事は簡単ではない。しかし、気付くと新田は口を開いていた。堰《せき》を切ったように、あの日の出来事を話していた。彼女を失った日のことを——。

陳は言った。きっと、彼女はサトルのことを許してくれているよ。

そんな気休めなどいらない、そう答えた。

うん、そう聞こえるのは仕方ないだろうね、陳はそう返した。

そして陳は、その日から新田に仕事を覚えさせた。広東語《カントン》と英語の学習から始め、三者共存のシステム、香港の地理までをも徹底して記憶させた。容赦なかった。休む暇を与えられなかった。

しかし、ただ一つだけ陳は許した。

仕事が終わればここに来てもいいよ。けれど、何も考えてはいけない。ただ維多利亞灣を眺めるんだ。その時間はサトルにあげるよ。酷い状況になりそうだったら、僕を思い出せばいい。ちょっとした制御になるかもしれない。僕にだって、それくらいの力はあると思うよ――。

新田の頰が熱を持ち始めていた。

「なあ、羅《ロー》刑事」と、新田は呟いた。「本当に許してくれたのだろうか……」

「ん？」

「いや、何でもない」

多分、彼女は許してくれたのだろう。

玲玲だって許してくれている――陳小生《シウサン》、俺はそう思っている。

「新田悟――」

外灯の光を浴びた羅が目の前に立っていた。

「何だ？　あんたが俺の名前を呼ぶなど珍しいな」

「お前、ずっとこの街にいるつもりかよ」

新田は何も答えずベンチを離れた。維多利亞灣《ヴィクトリアハーバー》から吹く濡れた熱風に頬をなぶられながら、向こう岸の高層ビル群をじっと眺め続けた。

陳小生《チャンシウサン》のように、上手く答えを隠すことができたろうか——。

羅《ロー》の視線を背中に受けながら、新田は成功したと思いたかった。

本書は、二〇一三年十月に小社より単行本として刊行されました。

本書はフィクションであり、登場する人名、団体名などすべて架空のものであり、現実のものとは関係ありません。

Haruki Bunko
ハルキ文庫

い 25-1

晩夏光《ばんかこう》

著者 池田久輝《いけだひさき》

2018年 7月18日第一刷発行

発行者 角川春樹

発行所 株式会社角川春樹事務所
〒102-0074 東京都千代田区九段南2-1-30 イタリア文化会館

電話 03(3263)5247(編集)
03(3263)5881(営業)

印刷・製本 中央精版印刷株式会社

フォーマット・デザイン 芦澤泰偉
表紙イラストレーション 門坂 流

本書の無断複製(コピー、スキャン、デジタル化等)並びに無断複製物の譲渡及び配信は、著作権法上での例外を除き禁じられています。また、本書を代行業者等の第三者に依頼して複製する行為は、たとえ個人や家庭内の利用であっても一切認められておりません。
定価はカバーに表示してあります。落丁・乱丁はお取り替えいたします。

ISBN978-4-7584-4182-7 C0193 ©2018 Hisaki Ikeda Printed in Japan
http://www.kadokawaharuki.co.jp/[営業]
fanmail@kadokawaharuki.co.jp[編集] ご意見・ご感想をお寄せください。